THiLO

3 für alle Fälle · Das Phantom vom Nebelhorn

Alle Krimifälle:

Band 1: Mord in der Domstadt
Band 2: Raubzug der Geister
Band 3: Das Phantom vom Nebelhorn

3 für alle Fälle

THiLO

Das Phantom vom Nebelhorn

Illustrationen von Hauke Kock

Loewe

FSC
Mix
Produktgruppe aus vorbildlich
bewirtschafteten Wäldern und
anderen kontrollierten Herkünften

Zert.-Nr. SGS-COC-001940
www.fsc.org

ISBN 978-3-7855-6971-9
1. Auflage 2010

Umschlag- und Innenillustration: Hauke Kock
Umschlaggestaltung: Christian Keller
Printed in Germany (007)

www.loewe-verlag.de

Inhalt

Klassenfahrt

Normalerweise hätte sich jeder nach dem ungewöhnlichen Spaziergänger umdrehen müssen. Sein schwarzer Mantel war so lang, dass er beinahe über den Boden strich. Sein schwarzer Schlapphut war so groß, dass man sein Gesicht nicht sehen konnte. Und seine Hände steckten in engen schwarzen Lederhandschuhen.

Doch der Mann wollte nicht gesehen werden. Also sah ihn auch niemand. Ein Rentner mit einem Dackel hastete an ihm vorbei. Der Hund hob kurz den Kopf und schnüffelte. Dann wackelte er weiter.

Zufrieden bog der Unbekannte in die schmale Seitenstraße ein. Hier wohnten seine jungen Detektive. Er hatte einen neuen, brandheißen Auftrag für sie.

Vor dem Glaskasten am Zaun blieb er stehen. Der Mann blickte auf das altbekannte Schild unter dem Kasten und las:

Elektroartikel aller Art
VERKAUF + REPARATUR
Inh. Paul Weiß & Jennifer Maibaum

In dem Schaukasten waren Fotos von verschiedenen elektrischen Geräten. Ein CD-Spieler und ein Toaster mit Preisschildern waren abgebildet.

Der Mann griff in die Innentasche seines Mantels. Langsam, ohne Hast zog er eine Zeitung heraus. Doch mitten in der Bewegung stoppte er. Obwohl er praktisch unsichtbar war, stellte er sich zum Schutz dicht unter eine große Tanne.

Er hatte gehört, wie die Haustür aufgerissen wurde und der ältere Junge herausstürmte. Das war Paul Weiß! Einer seiner drei Helden. Pauls Eltern folgten ihm mit einer riesigen Reisetasche zu ihrem auf der Straße parkenden Auto.

Auch im Nachbarhaus flog die Tür auf. Mit einem großen Rucksack auf dem Rücken rannte Jennifer Maibaum auf ihren Freund zu. „Ich bin so aufgeregt!“, rief sie schon von Weitem.

Nach einer kurzen Umarmung sprangen beide auf die Rückbank. Pauls Eltern stiegen ein und fuhren los.

Fassungslos sah der Mann auf die Zeitung, die er mit seinen schwarzen Handschuhen umklammert hielt. Er war zu spät gekommen! Jetzt blieb das Rätsel weitere hundert Jahre ungelöst. Still fluchte er in sich hinein.

Als er sich gerade zum Gehen umdrehte, knarrte die Tür ein weiteres Mal. Finn, Pauls kleiner Bruder, wankte verschlafen aus dem Haus. Sein Schulranzen war noch offen. Aber in der Hand hielt er schon seinen

Notizblock und einen Bleistift. Ein echter Detektiv!

Der Mann zögerte keine Sekunde. Der kleine Junge war seine letzte Chance. Er schoss unter der Tanne hervor und drückte die Zeitung zwischen die Latten des Zauns.

Dann trat er wieder in den Schatten zurück und biss sich gespannt auf die Lippen.

Der Junge öffnete die Gartentür und ließ sie ins Schloss fallen. Er war schon auf dem Bürgersteig, als er plötzlich wie angewurzelt stehen blieb. Ruckartig fuhr er herum und starrte die Zeitung an. Er riss sie an sich und blätterte so lange, bis er den rot umkreisten Bericht gefunden hatte. Daneben sah er eine rote Zahl: die 3 – der dritte Auftrag! Jede Spur von Müdigkeit war aus seinem Gesicht verschwunden. Finn rannte ins Gartenhaus, kam mit dem geheimnisvollen Handy zurück und schwang sich auf sein BMX-Rad.

Völlig außer Atem jagte er die Straße hinunter in Richtung Schule.

Der Mann unter der Tanne seufzte zufrieden auf. Der Junge würde es schaffen.

Langsam verließ er die Wohngegend. Die drei würden ihr Bestes geben, da war er sich sicher. Aber ob es reichte?

Zwei Kilometer entfernt verabschiedete Paul gerade seine Eltern. Jenny verstaute ihren Rucksack im Reisebus, der vor der Schule auf sie wartete.

„Komm, schnell!“, drängelte sie ihren besten Freund. „Ich will ganz hinten sitzen!“

Paul wand sich aus der Umarmung seiner Mutter. „Mama, das ist peinlich!“, knurrte er.

Seine Mutter lachte. „Schade. Ich wollte dir noch so viel sagen!“

Pauls Vater grinste. „Ich auch: Zieh immer warme Socken an. Wasch dir den Hals. Und steck dir jeden Morgen ein sauberes Taschentuch ein!“

Paul und Jennifer lachten. Zum Glück waren diese Ratschläge nur Spaß.

„Auf jetzt!“ Paul stupste Jenny an. Er konnte es gar nicht erwarten, endlich einzusteigen. Klassenfahrten waren so ziemlich das Aufregendste, was er sich vorstellen konnte.

Endlich eine ganze Woche ohne Mama und Papa – herrlich! Und dann noch nach Oberstdorf in die Berge.

Schnell drückten sie sich an zwei Mitschülern vorbei. Jennifer erreichte die letzte Sitzreihe als Erste. Als der Bus langsam vom Schulhof rollte, winkten alle Kinder brav ihren Eltern.

„Schau mal!“, wunderte sich Paul. „Da ist ja Finns Fahrrad. Der wollte doch mit seinem Freund zur Schule laufen?“

Jenny zuckte mit den Schultern. „Vielleicht ist sein Freund krank. Oder Finn hat noch länger getrödelt als sonst!“

Sie holte ein nagelneues Kartenspiel aus ihrer Tasche. „Gekauft von unseren Ersparnissen“, verriet sie.

Paul war begeistert. Jennifer und er hatten ein Geschäft für elektrische Geräte. Immer wenn Sperrmülltag war, fuhren sie mit ihrem Fahrradanhänger durch die Straßen. Alles, was noch zu reparieren war, nahmen sie mit ins Gartenhaus. Paul schaffte es meistens, die Sachen wieder zum Laufen zu bringen. Und Jennifer hatte einfach die beste Spürnase für Geheimnisse. Daher fand sie einfach am schnellsten die besten Geräte. Außerdem machte sie die Preise, führte Verkaufsgespräche und am wichtigsten: Sie teilte das Geld ein. Die Hälfte gaben sie sofort aus. Der Rest wurde gespart! Jennifers eiserne Regel. Schon so manchen Eisbecher hatten sie sich so leisten können. Oder Besuche im Kino. Und heute eben ein neues Autoquartett.

Zusammen mit zwei Klassenkameraden spielten sie zwei Stunden lang. Dann bemerkte Paul, dass er ziemlich viel Limo getrunken hatte. Zum Glück hatte der Bus ein Klo. Doch als er die Tür aufgeschlossen hatte, blieb er wie angewurzelt stehen.

„Das gibt's doch nicht …!", stammelte er.

Dummerweise kam genau in diesem Moment sein Klassenlehrer vorbei. Geschockt blickte er Paul über die Schulter.

„Was machst du denn hier, Finn?“, fragte er aufgeregt.

Finn hockte unter dem Waschbecken und starrte zurück. „Ich … ich …“

Der Lehrer lachte. „Na, jetzt komm erst mal da raus. Wir haben sicher noch einen bequemeren Platz für dich im Bus.“

Er nahm sein Handy aus der Hosentasche und benachrichtigte Finns Eltern über den kleinen Ausreißer. Nachdem sich die erste Aufregung gelegt hatte, versprach Herr Weiß, seinen Sohn am folgenden Tag abzuholen.

„Hast du sie noch alle?“, schnauzte ihn Paul an. Er konnte es nicht fassen, dass sein Bruder jetzt sogar die Klassenfahrt vermieste.

Statt einer Antwort zog Finn nur die Zeitung aus seinem Schulranzen. Paul und Jenny staunten.

„Ich kann mir auch Tolleres vorstellen, als mich für euch ins blöde Klo zu stellen!“, motzte Finn zurück. „Aber für ein neues Abenteuer ertrage ich sogar das …“

Paul drückte Finn an sich. „Entschuldige“, bat er. „Das hast du genau richtig gemacht!“

Zu dritt lasen sie den Artikel, der rot umrandet war.

Er handelte von dem Prinzenkreuz im Oberstdorfer Oytal. Prinz Luitpold von Bayern hatte es vor über hundert Jahren aufstellen lassen. Als Dank, weil er mit seiner Jagdgesellschaft einer Gerölllawine knapp entgangen war.

Der Schreiber des Berichts fragte die Leser, ob es wohl wirklich nur ein Unglück gewesen sei. Oder vielleicht sogar ein Attentat auf den Prinzen. Aber wer hätte den Mann umbringen wollen?

Das ist heute leider nicht mehr zu klären, endete der Artikel.

Jenny, Paul und Finn klatschten sich ab. „Das werden wir ja sehen!“, sagte Jenny fest entschlossen.

Am Unglücksort

Nach der Ankunft in Oberstdorf gab es im Speisesaal der Jugendherberge Mittagessen. Allgäuer Kässpatzen mit warmem Salat. Danach hatte die Klasse drei Stunden Zeit, sich in den Zimmern einzurichten.

Jennifer und Paul warfen nur schnell ihr Gepäck auf die Betten. Finn erwartete sie schon auf dem Parkplatz.

„Drei Stunden haben wir“, betonte Jenny noch einmal. „Wenn wir erst mal in der Vergangenheit sind, vergeht hier ja keine Zeit.“

Paul nickte. „Herr Mettmann wird uns also nicht vermissen, wenn wir schnell sind!“

Ein Problem war allerdings, dass die Jugendherberge außerhalb von Oberstdorf lag. Sie hatten also ein gutes Stück zu laufen. Reichten drei Stunden?

Als sie einen Hügel überquert hatten, kam Paul aus dem Staunen nicht mehr heraus.

Von hier konnten sie den ganzen Ort überblicken. Oberstdorf lag in einem ebenmäßigen Tal. Rundherum waren saftige grüne Wiesen. Überall grasten Kühe. Bei jeder ihrer Bewegungen läuteten ihre schweren Glocken. Und dann kamen die Berge. Vorhin bei der Busfahrt waren sie Paul gar nicht so riesig vorgekommen. Aber jetzt raubten sie ihm glatt den Atem. Wie neugierige Beobachter schienen sich die Berge rund um das kleine Dorf aufgestellt zu haben. Nur an einer Seite ließen sie eine Lücke für den Verkehr. In alle anderen Richtungen konnte man nur zu Fuß weiterkommen – über die Berge.

„Den Berg da kenne ich“, glaubte Jennifer und zeigte auf einen schneebedeckten Gipfel. „Das ist das berühmte Nebelhorn!“ Winzig klein sahen sie im Tal eine Gondel der Bergbahn hochfahren.

Paul sog die Luft ein. Es roch nach Urlaub! Da machte sogar das Laufen richtig Spaß.

Nach einiger Zeit kamen sie in Oberstdorf an.

Königliches Jagdhaus hieß ein Restaurant. Davor war ein Standbild aus Bronze. Ein überlebensgroßer Mann mit Vollbart, Hut und Gewehr.

„Das ist der Prinz Luitpold!“, jubelte Finn. Paul las sich die Tafel darunter gründlich durch.

Dann sah er auf seine goldene Taschenuhr. Ein Erbstück seines Großvaters. „Die erste Stunde ist um“, stellte er fest. „Wir müssen uns beeilen!“

Jennifer hörte ihm gar nicht zu. Sie verschwand in einem Trachtengeschäft und kaufte eine Wanderkarte.

„Uff“, sagte sie dann. „Das Prinzenkreuz steht im hinteren Oytal. Bis wir dort sind, ist es Abend …“

Paul warf einen Blick auf die Karte. Jennifer hatte recht. Aber sie hatte offenbar nicht gesehen, dass man einen Großteil des Wegs auch mit dem Auto fahren konnte.

Sie schmissen ihr Taschengeld zusammen und suchten einen Taxistand. Schon nach kurzer Zeit und je weiter sie gingen, desto einsamer wurde es. Die Berge um sie herum schienen hier noch enger aneinanderzustehen. Andere Wanderer waren weit und breit nicht zu sehen. Das einzige Geräusch war das Krächzen eines Adlers. Vor dem Prinzenkreuz blieben die drei stehen. Paul war enttäuscht. Bei dem Namen hatte er etwas ganz Besonderes erwartet. Doch eigentlich war es bloß ein einfaches Eisenkreuz, wie sie es dutzendfach im Ort gesehen hatten. Nur stand dieses hier auf einem der Felsbrocken, die den Prinzen beinahe erschlagen hatten. Den ganzen Hang hinauf lagen weitere Gesteinsbrocken. Die Steine waren von wilden Pflanzen mit riesigen Blättern überwuchert.

Finn kletterte zu dem Kreuz und las, was auf der verrosteten Gedenktafel stand: „Errichtet zur Erinnerung an die glückliche Errettung Sr. Kgl. Hoheit des Prinzen Luitpold von Bayern und seiner Jagdgäste bei dem Bergsturze am 3. Oktober 1872."

Paul nahm das geheimnisvolle Handy aus der Tasche. Zusammen mit der ersten Zeitung hatte es vor ein paar Wochen in ihrem Schaukasten gelegen. Wer es dort abgelegt hatte, wussten sie noch immer nicht. Normalerweise waren alle Tasten gesperrt. Jetzt aber ließ sich wie bei ihren beiden letzten Abenteuern der Auslöser drücken. Paul zielte auf das Kreuz und schoss ein Foto. Sofort nachdem das Bild vom Prinzenkreuz auf dem Handy zu sehen war, begann die 3 zu blinken. Aufgeregt drückte Paul die Taste.

Sekunden später waren sie in der Vergangenheit.

„Grüß Gott!", sagte Finn lachend und zog seinen Tirolerhut. Er trug einen dicken Wollpulli und eine Lederhose, die bis knapp übers Knie reichte. Dazu lange Strümpfe und feste Lederschuhe.

Paul hatte ähnliche Sachen an. Der Pulli kratzte ein wenig, aber die breiten Schuhe waren herrlich bequem. Auch Jenny fühlte sich sichtlich wohl. Das Dirndl stand ihr richtig gut und passte hervorragend zu den hohen Schnürschuhen. In der kleinen Gürteltasche waren die Wanderkarte, Jennys Kompass und der Rest des

Taschengelds, das sich jetzt in alte Silbermarkstücke verwandelt hatte.

Der gut ausgebaute Wanderweg war verschwunden. Ebenso das Prinzenkreuz. Dafür standen die drei jetzt vor einem viel größeren Geröllhaufen. Die Berge jedoch waren unverändert.

Jenny holte die Karte hervor und drehte sie so, dass sie alles wiedererkennen konnte. „Die Lawine ist am Himmelhorn losgegangen“, erklärte sie. „Wir sollten ein Stück den Berg hinaufklettern. Vielleicht finden wir irgendwelche Hinweise auf einen Attentäter.“

Paul stapfte voran. Schon nach wenigen Metern kam er ins Schwitzen. Bis zur Spitze des Berges waren es gute 1200 Höhenmeter, wie Jenny verkündete.

Doch schon nach einer Viertelstunde blieb Paul keuchend stehen.

„Hast du etwas gefunden?“, rief Finn.

Paul legte nur den Zeigefinger an die Lippen und wies aufwärts.

Sofort gingen alle drei in die Hocke. Kaum hundert Meter von ihnen entfernt kraxelte ein junger Mann den Hang entlang. Er hatte einen gewaltigen Vollbart. Auf seinem tannengrünen Hut wippte ein riesiger Gamsbart.

Bei jedem seiner Schritte suchte er den Boden genauestens ab. Ein paar Mal bückte er sich und hob einen dicken Ast oder einen großen Stein an die Seite.

„Der beseitigt die Beweise!“, zischte Finn. „Das muss der Attentäter sein!“

Der Mann fuhr herum und starrte die drei Freunde verärgert an. Mit wenigen Sprüngen hatte er sie erreicht und stemmte seine Arme in die Hüften.

„Was macht ihr denn hier?“, schimpfte er grob. „Die Bergwelt ist gefährlich!“

Jenny erhob sich. „Wir … wir wollten nur ein bisschen klettern. Es ist so ein herrlicher Berg!“

„Ist doch immer das Gleiche mit den Herrelitt aus der Stadt!“, polterte er. „Nur mit einem Bergführer wie mir darf man sich ins Gebirge trauen.“

Er packte Finn am Kragen und stellte ihn auf die Beine. „Abmarsch! Zurück ins Dorf! Auf geht's!“

Schweigend gingen sie vor dem Bärtigen ins Oytal zurück. Hier irgendwo hatte sie vorhin das Taxi herausgelassen. Jetzt in der Vergangenheit gab es nur noch einen schmalen Weg mit jeder Menge Kuhfladen.

„Wenn euch etwas passiert, kommt keiner mehr hinauf in die Berge und ich verdiene nichts mehr!“, schimpfte der Bergführer weiter.

Nach unendlich langer Zeit entdeckte Paul die Turmspitze der Kirche wieder.

„Vielen Dank für die tolle Wanderung, Herr Bergführer!“, sagte Jenny schroff. „Den Rest schaffen wir allein. Oder darf man sich auch im Dorf nicht ohne einheimischen Begleiter bewegen?“

Der Bergführer ging nicht auf Jennys Schimpfen ein.

„Wenn ihr in die Berge wollt, fragt im Dorf nach Urban, das bin ich!“, knurrte er nur. „Hochführen tu ich euch gern. Kosten tut’s schon was, aber dafür werde ich jeden eurer Schritte genau beobachten!“ Urban lachte laut.

Kurz bevor er sich umdrehte, schoss Paul noch heimlich ein Foto von dem Bergführer. Wenn er sich nicht verdächtig benahm, wer dann?

Finn regte sich fürchterlich auf. „Den hätten wir gleich zur Polizei bringen sollen!“, platzte es aus ihm heraus. „Der lässt alle Spuren verschwinden, das haben wir doch selbst gesehen!“

Paul nickte. Dieser Bergführer war mehr

als unfreundlich gewesen. Auch dass er sie unbedingt vom Hang scheuchen wollte, war verdächtig. Aber ein Beweis für das Attentat war es noch lange nicht.

Er ließ seinen Blick schweifen. Langsam ging die Sonne unter. Der Ort vor ihnen sah in dem roten Licht wunderschön aus. Die Bauern, die auf den Feldern arbeiteten, grüßten freundlich. Ihr Lehrer hatte ein tolles Ziel für die Klassenfahrt ausgesucht. Man konnte sich kaum vorstellen, dass es hier wirklich jemanden geben sollte, der dem Prinzen etwas Böses wollte.

Jenny kramte in ihrer Tasche und holte ein paar silberne Markstücke hervor.

„Keine Ahnung, was die wert sind", sagte sie. „Ob wir uns davon ein Zimmer in einem Gasthaus leisten können?"

Als sie den Ortsrand erreicht hatten, merkten sie, dass sie ein ganz anderes Problem hatten.

Alle Häuser waren klein und flach. Auf den Dächern lagen dicke Steine. Richtig gemütlich und einladend wirkte keines. Dazwischen standen immer wieder Ruinen von Häusern, die bis auf die Grundmauern abgebrannt waren.

„Ich glaube, es gibt überhaupt keine Hotels“, vermutete Finn. „Aber wo sollen wir dann übernachten?“

Ein alter Bekannter

Paul, Jenny und Finn suchten noch eine Weile weiter. Rund um die Kirche hatten sie Hotels oder Gasthäuser vermutet. Aber auch dort standen hauptsächlich Bauernhäuser mit halb zerfallenen Scheunen und Ställen. Die meisten Bewohner des Dorfes waren anscheinend arm.

„Und was jetzt?“, fragte Jenny in die Runde. Erschöpft von der langen Wanderung hockte sie sich auf die Stufen vor der Kirche. Auch Paul fühlte jetzt die Müdigkeit in jedem Knochen. Er setzte sich neben seine beste Freundin. „Wenn uns wirklich gar nichts einfällt, können wir ja im Pfarrheim fragen“, schlug er vor. Er zeigte zu dem zweistöckigen Haus neben der Kirche. Es schien erst vor ein paar Jahren erbaut worden zu sein.

Bauern mit Sensen über der Schulter kamen vorbei. Ein Mädchen in etwa ihrem Alter folgte ihnen.

„Warte mal!“, rief Finn ihr zu. Tatsächlich kam das Mädchen zu ihnen. Sie hatte blonde geflochtene Zöpfe und ein fröhliches Gesicht mit Stupsnase. „Ich bin die Anni und wer seid ihr?“

Finn stellte alle vor.

„Sag mal, wo übernachten denn die Leute, die hier Urlaub machen?“

Anni lachte. „Du meinst, die Herrelitt aus der Stadt, die unsere gute Luft schnuppern wollen?“

Paul nickte.

„Die schlafen in Fremdenzimmern. Meine Eltern vermieten ein Fremdenzimmer.“

Jenny sprang auf und zeigte Anni das Geld. „Reichen zwei Mark für eine Nacht?“

Jenny lachte. „Klar! Dafür macht euch die Mutter morgen früh sogar noch ein ordentliches Frühstück und einen Becher frische Milch gibt's auch noch!“

Fröhlich sprang Anni vor den drei Freunden her und blieb erst vor ihrem Elternhaus stehen. Paul mochte das kleine Haus sofort. Zwar sah man, dass die Bewohner nicht viel Geld besaßen, aber trotzdem hatten sich Annis Eltern bemüht, es ein bisschen schöner zu machen. Im Garten vor der Tür wuchsen bunte Blumen gleich büschelweise. Es duftete nach Kräutern. Und an den winzigen Fenstern hingen rot-weiß karierte Gardinen. In dem angrenzenden Stall meckerten Ziegen.

Annis Mutter freute sich über die unerwarteten Gäste. Stolz führte sie die drei durch ihr Heim. Eigentlich bestand es nur aus einem großen Raum, von dem drei schmale Türen abgingen. Annis Mutter nannte ihn „die gute Stube!“ In der Ecke des Raums, gleich neben der Tür, prasselte Feuer unter einer gemauerten Kochstelle. Ein paar Schritte weiter standen ein paar Stühle um einen stabilen Holztisch. Die Bretter an den Wänden waren mit kunstvollen Schnitzereien verziert. Hinter einer der Türen war das Fremdenzimmer. Es war einfach, aber gemütlich eingerichtet, fand Paul. An der Wand stand ein mit bunten Blumen bemalter Schrank. Daneben eine kleine Kommode und ein Stuhl. Das Bett war breit genug für alle drei. Paul streckte sich sofort aus. Doch die Matratze pikste ein wenig. Einzelne Strohhalme standen heraus.

„Ah, tut das gut!", seufzte er trotzdem. Dann aber drehten sich seine Gedanken wieder um die Lawine. War es ein Unglück? Oder doch ein Attentat?

Beinahe wäre er eingeschlafen, aber plötzlich stieß Anni fröhlich die Tür auf. Auf einem großen Tablett brachte sie eingelegte Gurken, Brot, Käse und drei Becher Milch.

„Lasst euch die Brotzeit gut schmecken!", wünschte sie. „Mein Vater kennt sich übrigens gut in den Bergen aus. Wenn ihr mal raufwollt aufs Nebelhorn …" Ohne den Satz zu Ende zu sprechen, verschwand sie aus dem kleinen Zimmer.

Als sie aufgegessen hatten, war es bereits ziemlich dunkel im Zimmer. Jenny zog die Schublade der Kommode auf und fand mehrere Kerzenstummel.

„Jetzt brauchen wir nur noch Streichhölzer", sagte sie. Doch als Jenny die Türklinke heruntergedrückt hatte, zuckte sie zurück.

„Die Stimme kenne ich doch …“, sagte sie leise.

Sofort waren Paul und Finn bei ihr. Alle drei legten ihr Ohr an die Tür.

Es schienen mehrere Männer bei Annis Eltern zu Gast zu sein. Immer weitere kamen hinzu. Eine richtige Versammlung. Und alle redeten wild durcheinander.

„Der Verschönerungsverein von Oberstdorf ist ein voller Erfolg!“, brummte eine tiefe Stimme. „In diesem Jahr hatten wir schon über vierhundert Gäste. Aber wir sollten uns nicht auf dem Erfolg ausruhen!“

Annis Vater antwortete. „Richtig, Hias! Wir brauchen mehr Wanderwege und mehr Bänke zum Ausruhen!“

„Wen meinst du?“, flüsterte Paul verwundert. Aber dann hörte er es auch. Es war Urban, der Bergführer!

„Vor allem brauchen wir endlich hauptberufliche Bergführer!“, polterte er los. „Ihr glaubt nicht, was ich heute drüben im Oytal erlebt hab! Drei Kinder aus der Stadt sind auf dem Himmelhorn herumgekraxelt. Das darf nicht mehr vorkommen!“

Ein anderer Mann pflichtete ihm bei. „Richtig. Zu gefährlich! Wenn eine weitere Lawine losgetreten wird – nicht auszudenken!“

Paul schielte durchs Schlüsselloch. Die Stube war bis auf den letzten Platz belegt. Alte und junge Männer hockten dicht gedrängt zusammen. Fast alle schienen Bergführer zu sein. Denn jeder von ihnen sagte zu diesem Thema seine Meinung. Der Verschönerungsverein, den sie gegründet hatten, sollte mehr Fremde in den Ort locken. Denn mit ihnen konnte man neben der Landwirtschaft viel Geld verdienen.

Wie Paul verstand, kamen seit Neuestem immer mehr Wanderer und Bergsteiger ins Dorf. Noch vor wenigen Jahren hatten die Menschen sich vor den Bergen gefürchtet. Und auch heute war ihnen manches dort oben nicht geheuer. Aber seit der Alpenverein die herrliche Oberstdorfer Landschaft entdeckt hatte, wurde damit begonnen, Wanderwege und Schutzhütten im Hochgebirge zu errichten. Und Urban setzte sich dafür ein, dass das Bergführen endlich ein richtiger Beruf werden würde. Oder wollte er etwa nur genau Bescheid wissen, wer sich wann in den Bergen aufhielt?

„Kein Mensch kommt mehr hierher, wenn ein Kind ins Tal stürzt!“, brummte ein sehr alter Mann durch seinen Bart.

„Und dann können wir alle unseren Wanderstock gegen den Bettelstab eintauschen. Das sag ich euch!“, polterte Urban. „Nur von meinem Mähgeld kann ich nicht leben!“ Aufgewühlt stopfte er sich eine Pfeife und zündete sie an.

Annis Vater lachte. „Na, Urban, so schlecht scheint es dir ja noch nicht zu gehen. Ich selbst habe mir das Rauchen und das Schnapstrinken abgewöhnt. Der Zoll darauf ist einfach zu hoch!“

Annis Mutter ging mit einem Krug herum und schenkte Bier nach.

„Ich finde, ihr könnt niemandem verbieten, alleine in die Berge zu gehen“, mischte sie sich ein. „Wer richtig bergsteigen will, der wird schon zu euch kommen.“

Annis Vater und noch zwei andere Männer nickten.

Urban jedoch schnaubte wütend auf und sprang hoch. Ohne sich zu verabschieden, stampfte er aus dem Haus.

Paul zitterte, richtete sich leise auf und ging auf Zehenspitzen zum Bett.

„Urban scheint es ja gar nicht zu gefallen, dass jemand in den Bergen herumläuft“, flüsterte Jenny.

Paul nickte. Er spürte, wie er kreidebleich wurde. „Das kann eigentlich nur eins bedeuten: Er plant ein zweites Attentat!“

Zurück in den Bergen

Als es an die Tür klopfte, schreckte Paul auf. Trotz der Sorgen um den Prinzen war er sofort eingeschlafen. Jenny und Finn neben ihm atmeten gleichmäßig. Auch sie schien die lange Wanderung gestern einfach umgehauen zu haben.

„Ja?“, antwortete Paul. Draußen war es bereits hell. Eine Kuh mit großer Glocke um den Hals trottete am Fenster vorbei.

„Frühstück!“, rief Anni fröhlich hinter der Tür. „Aufstehen, ihr Langschläfer. Es ist schon weit nach 6 Uhr!“

Paul stöhnte und ließ sich rückwärts wieder auf die Strohmatratze fallen. Doch dann entschloss er sich aufzustehen. Sie hatten viel vor heute. Schließlich mussten sie Beweise sammeln, dass Urban einen Anschlag auf den Prinzen verübt hatte.

Eine Viertelstunde später saßen sie am Tisch in der guten Stube. Es gab Milch und für jeden eine riesige Schüssel Grießbrei.

Annis Eltern waren längst auf dem Feld. Die Ernte musste eingefahren werden, bevor es richtig kalt wurde. Anni sollte mit den Ziegen hinterherkommen, sobald die Herrelitt das Haus verlassen hatten.

„Esst euch satt!“, sagte Paul. „Wir müssen noch einmal zum Oytal.“

Finn sah ihn erstaunt an. „Meinst du nicht, Urban hat längst alle Hinweise verschwinden lassen?“

Paul schüttelte den Kopf. „Überleg doch mal. Er hat uns gestern aus dem Tal hierhergeführt. Und abends war er bei Annis Eltern. Zwischendurch kann er unmöglich noch so weit gewandert sein.“

Vor dem Haus zogen die drei Freunde ihre Schnürschuhe an.

„Bleibt ihr noch eine Nacht?“, hakte Anni nach. „Morgen ist hier Viehscheid.“

Finn rümpfte die Nase. „Viehscheid? Was ist denn das?“

Anni schüttelte den Kopf. Dass jemand nicht wusste, was der Viehscheid ist, schien sie nicht zu verstehen. „Hier im Tal gibt es für die ganzen Tiere nicht genug zu fressen", erklärte sie. „Deshalb werden sie im Frühling auf die Alpe hoch in den Bergen gebracht. Dort passt dann ein Hirte auf Tiere von verschiedenen Bauern auf, bis die Nächte wieder kühler werden. Und wenn sie morgen aus den Bergen zurückkommen, werden sie wieder geschieden, also getrennt."

Finns Augen glänzten. Er versuchte sich vorzustellen, wie Hunderte von Kühen durch das Dorf getrieben wurden.

„Hört sich nach einem großen Spektakel an", sagte Jenny.

Anni nickte. „Oh ja! Das ist eines unserer schönsten Feste. Da kommen viele Besucher. Da tanzen unsere Burschen den Wilde-Mändle-Tanz. Wenn ihr das Fremdenzimmer nicht behaltet, ist es heute am Abend sicher von anderen belegt ..."

Breit grinsend hielt sie die Hand auf.

Jenny gab ihr lachend zwei Mark. „Du bist ja noch geschäftstüchtiger als ich!"

Anni legte die Münzen in eine Zuckerdose über der Feuerstelle. „Ich will ja nach der Christnacht wieder zur Schule gehen",

antwortete sie. „Da brauche ich doch Schulgeld!“ Fröhlich hüpfend zog sie mit ihrer Ziegenherde davon. Jenny hockte sich vor eine Viehtränke und zog die Wanderkarte aus der Tasche. „Wegweiser gibt’s hier natürlich noch nicht“, murmelte sie. „Aber Flüsse und Bäche haben ihren Lauf sicher nicht besonders verändert. Und mit dem hier finden wir ins Oytal zurück!“

Sie holte ihren Kompass aus der Gürteltasche und zeigte links an der Kirche vorbei. „Da ist das Nebelhorn. Dann muss dort das Himmelhorn sein. Kurs Südost!“

Mit flottem Schritt ging Jenny voran. Paul staunte über ihren sicheren Umgang mit Karte und Kompass. Immer wenn sich der schmale Weg gabelte, brauchte sie nur ein paar Sekunden, um die richtige Richtung herauszufinden. Zum Glück nahm sie ein Ochsenwagen ein gutes Stück mit. Trotzdem mussten sie noch über eine Stunde weiterlaufen. Nach langem Marsch erreichten sie erschöpft die Unglücksstelle. Es war erst 10 Uhr morgens, aber Paul fühlte sich so müde wie sonst um Mitternacht.

Finn wollte sich auf einen der Felsen setzen, aber Paul zog ihn weiter. „Wer rastet, der rostet – alter Wandererspruch. Das schwierigste Stück haben wir doch noch vor uns.“ Er zeigte zum Himmelhorn. Hier hatte sie Urban gestern vorzeitig gestoppt. Jetzt schien niemand in der Nähe zu sein. Oder?

Jenny war voller Tatendrang. Ohne auch nur einmal zu keuchen, kletterte sie den Hang hinauf.

Paul mit Finn im Schlepptau hatte schon

mehr zu kämpfen. Trotzdem suchten beide den Boden gründlich nach Spuren ab.

Als sie etwa vierhundert Höhenmeter geschafft hatten, kamen die drei Freunde an einen weiteren riesigen Geröllhaufen. Dies mussten Reste einer früheren Lawine sein. Denn manche der Steine waren mit Moos bedeckt, wie Paul bemerkte. Er sah ins Tal zurück. Sie waren ziemlich genau über der Unglücksstelle.

„Von hier aus hätte man eine Lawine ohne große Mühe lostreten können“, kombinierte er.

Jenny nickte. „Und die Steinbrocken sind immer noch groß genug, um dahinter in Deckung zu gehen. – Hier müssen wir nach Beweisen suchen!“

Finn schien die Anstrengung auf der Stelle vergessen zu haben. Eifrig klappte er seinen Notizblock auf und zückte den Bleistift.

Schon nach wenigen Minuten wurden sie fündig. Zwischen den Steinen steckte ein Holzstück, das vor nicht allzu langer Zeit abgebrochen worden war.

„Die Bruchstelle ist noch ganz hell, seht ihr?“, sagte Paul.

Er wollte das Holz herausziehen, aber Finn stoppte ihn. „Halt!“, rief er aufgeregt. „Ich muss erst eine Zeichnung anfertigen, wo genau das Stück in dem Haufen steckt.“

Flink brachte er seine Zeichnung aufs Papier. „Jetzt darfst du!“

Paul musste zwei dicke Brocken an die Seite werfen, bis Jenny das Holzstück herausziehen konnte. Dann sahen sie, dass sie einen Volltreffer gelandet hatten. Das Holz war mit einem feinen Schnitzmuster verziert worden. Es hatte einmal zu einem Hirten- oder Wanderstab gehört. Wie mit einem Hebel hatte der Besitzer so das Geröll den Berg hinuntergestoßen.

„Potz Blitz!“, entfuhr es Finn. „Jetzt wissen wir wenigstens eins ganz sicher: Die Lawine war kein Unglück – jemand hat sie extra ausgelöst, um Luitpold umzubringen!“

Sofort gingen sie auf die Knie und suchten weiter. Ein Stück abseits entdeckte Jenny vier abgebrannte Streichhölzer und verkohlte Tabakreste. Daneben war der deutliche Abdruck einer Schuhsohle zu erkennen. Als Jenny die Beweisstücke einsammeln wollte, schrie Finn: „Halt, du zerstörst die Beweise! Ich muss erst alles abmalen!“

Jenny und Paul verdrehten die Augen. „Finn, das nervt!“, meinte Jenny. „Glaubst du, der Täter hat mit den Streichhölzern eine geheime Botschaft gelegt?“

Finn ließ sich nicht beirren. „So machen die das im Fernsehen auch immer“, murmelte er. In seiner Welt wimmelte es von Superhelden und Schurken. Im Moment fand er aber Detektive spannender.

„Tabak …“ Paul dachte laut nach. „Urban ist Pfeifenraucher, das wissen wir schon. Aber das sind viele Männer hier. Als Beweis reicht das wohl immer noch nicht aus.“ Paul sah sich um. Er wurde das mulmige Gefühl nicht los, dass sie jemand beobachtete. Und das war in einem einsamen Tal überhaupt nicht gut. „Wir sollten von hier verschwinden!“, drängelte er.

Finn klappte seinen Block zu. „Von mir aus. Ich habe alles!“

Paul drehte sich zum Tal. Vorsichtig machte er sich an den Abstieg. Finn stützte sich auf einen dicken Ast, um nicht auszurutschen.

Plötzlich ertönte ein Pfiff. Paul fuhr der Schreck durch alle Glieder. Hatte er sich also nicht geirrt. Der Attentäter war hier!

Einen kurzen Augenblick später brach er in lautes Gelächter aus. Finn und Jenny stimmten ein. Das schrille Geräusch war von einem Murmeltier gekommen. Aufrecht stand der kleine Kerl vor seinem Bau und hielt Wache. So hatten die anderen Tiere seiner Sippe in Ruhe grasen können. Jetzt aber verschwanden sie schnell in ihren Erdlöchern.

„Wir tun euch doch nichts“, versuchte Finn sie wieder hervorzulocken.

„So einen Aufpasser könnten wir auch gebrauchen“, sagte Jenny lachend. Kaum hatte sie den Satz beendet, fuhr sie herum. Über ihnen hatte ein bedrohliches Grollen eingesetzt. Es brach eine Lawine los!

Flucht auf Leben und Tod

Paul rannte um sein Leben. Hinter ihm grollten und donnerten die Felsbrocken. Immer näher und näher kamen die Geräusche. Einzelne Kiesel flogen ihm schon um die Ohren, haarscharf am Kopf vorbei. Paul stolperte, fing sich im letzten Moment und rannte weiter. Sein Herz schlug wie verrückt vor Angst und vor Anstrengung. Bald würde ihn die Lawine einholen und unter sich begraben. Und aus dem einsamen Tal war keine Hilfe zu erwarten.

„Nach links!“, hörte er Jenny dicht hinter sich schreien. „Zu den Tannen!“

Aus dem Augenwinkel heraus sah Paul die Bäume. Kein Wald, nur ein kleiner Hain. Vielleicht hatte Jenny recht. Vielleicht boten die Tannen Schutz.

Schnell hastete Paul nach links. Noch zwanzig Meter, dann war er in Sicherheit. Noch zehn, noch acht! Ein Stein knallte an seine Schulter. Vor Schreck schrie er laut auf. Was war mit Finn und Jenny? Panisch riss er den Kopf herum. Jenny war direkt hinter ihm, aber Finn war nicht zu sehen. Oder etwa doch? Über Jenny blitzte ein Hut auf. Paul musste erst einmal sich selbst retten. Noch drei Meter!

Mit letzter Kraft hechtete Paul zwischen

die Bäume. Im Moos rollte er weiter. Nach mehreren Umdrehungen blieb er atemlos liegen. Nur Sekunden später knallten die Felsbrocken gegen die Baumstämme. Die vordersten Tannen knirschten, hielten aber stand. Einzelne Steine rollten bis vor Pauls Füße. Unten im Tal schlugen die Felsen wie riesige Hagelkörner ein. Dann war plötzlich alles ruhig. In der Ferne rief ein Kuckuck.

„Mann, das war knapp!“, keuchte Jenny. Völlig verschwitzt setzte sie sich auf. Paul stellte fest, dass die Lawine gar nicht so groß gewesen war. Doch schon ein einzelner dieser Brocken hätte sie schwer verletzen können. So viel war ihm klar.

„Wo ist Finn?“, fragte Jenny erschrocken. Paul antwortete nicht. So schnell er konnte, kletterte er über das Geröll. Die Lawine hatte einige Verwüstungen an dem Berghang hinterlassen, wie er jetzt sah. Hatte sie auch seinen Bruder unter sich begraben?

„Finn!“, brüllte er immer wieder. *Finn … Finn … Finn …* hallte es vom gegenüberliegenden Berg zurück. Paul schossen die Tränen in die Augen. Wo war sein Bruder?

„Finn!“, rief jetzt auch Jenny. *Finn … Finn … Finn …* Es klang verzweifelt.

„Wo bist du, Finn?“, weinte Paul. Seine Brust krampfte sich zusammen.

Plötzlich reckte sich hinter einem großen Baumstamm ein Kopf in die Höhe. Finn!

„Hey, habt ihr das gesehen? Eine echte Lawine!“, meinte er staunend.

In zwei Sätzen war Paul bei ihm. Erleichtert drückte er ihn an sich. Noch nie war er so glücklich gewesen, seinen kleinen Bruder zu sehen.

„Was soll denn das?“, ächzte Finn. „Was ist denn los?“

„Wir dachten, dich hätte die Lawine erwischt. Hast du uns denn nicht rennen sehen?“, wollte Jenny wissen.

Finn befreite sich aus der Umarmung und schüttelte den Kopf. „Nö. Ich habe einfach an die Murmeltiere gedacht. Bei Gefahr in Deckung gehen. Das habe ich auch gemacht. Die Steine sind über den dicken Stamm hinweggesprungen.“

Pauls Gesicht wurde wieder ernst. „Ich muss euch noch etwas sagen. Als ich mich nach Finn umgedreht habe, hat sich oben am Berg etwas bewegt. Ich dachte, es wäre dein Hut gewesen, aber du warst ja hinter dem Baumstamm. Mehr konnte ich leider nicht erkennen."

„Urban?", hakte Jenny nach.

Paul zuckte mit den Schultern. „Könnte er gewesen sein. Oder auch nicht. Auf jeden Fall weiß der Täter nun, dass wir ihm auf der Spur sind. Wir sollten jetzt ganz besonders vorsichtig sein."

Mit schmerzenden Knochen stiegen sie das letzte Stück ins Tal zurück. Pauls Schulter schmerzte, aber auch alles andere tat ihm weh. Das würde morgen einen ordentlichen Muskelkater geben.

Und Oberstdorf war mindestens zwei Stunden entfernt. Als sie wieder auf den Bach stießen, der laut Karte Oybach hieß, brach Paul das Schweigen.

„Fangen wir doch noch einmal ganz von vorne an", begann er.

„Jemand will den Prinzen umbringen –"

„Und es soll wie ein Unfall aussehen", unterbrach Finn ihn.

„Richtig. Aber wer hat dafür einen Grund? Offenbar war Luitpold bei allen Bürgern des Dorfes sehr beliebt. Schließlich liegen an seinem Standbild noch heute frische Blumen."

Jennys Augen leuchteten auf. Geheimnisse waren ihr liebstes Hobby, aber auch das Rätseln, wie ein Verbrechen sich abgespielt haben könnte, machte ihr ungeheuer Spaß. Und oft brachten ihre Überlegungen tatsächlich eine ganze Menge.

„Zurzeit ist sein Neffe, Ludwig II., König von Bayern – der hat Schloss Neuschwanstein erbaut, steht hier auf meiner Wanderkarte", berichtete Jenny. „Und jemand will dem König schaden, dafür muss sein Onkel, der Prinz, sterben."

Paul rümpfte die Nase. „Das glaube ich nicht. Vielleicht will er Luitpold erpressen oder aus Oberstdorf vertreiben?" Er grübelte. „Ja, es muss etwas mit dem Dorf zu tun haben …"

Jenny zog die Nase kraus. Das tat sie immer, wenn sie scharf nachdachte. Ein paar Mal öffnete sie den Mund, um etwas zu sagen. Schloss ihn aber immer schnell wieder. Offensichtlich fand sie für dieses Rätsel auch keine Lösung.

Paul sah sich die Landschaft genauer an. Vielleicht kam ihm so die richtige Idee. Links und rechts des schmalen Tales ragten die Berge hoch in den Himmel. Da! Oben auf dem Gebirgskamm des Schattenbergs jagten zwei Gämsen entlang. Mühelos sprangen die beiden Tiere von Fels zu Fels. Ein Adler kreischte, machte die Gämsen aber scheinbar nicht nervös.

Zwischen zwei Gipfeln hindurch war das schneebedeckte Nebelhorn zu sehen. Und nicht weit vor ihnen rauschte ein größerer Fluss.

Nach einer längeren Zeit, in der sie über freie Wiesen gegangen waren, näherten sie sich nun einem dunklen Waldstück.

„Oje! Der sieht wie ein Räuberwald aus“, sagte Finn ängstlich.

Jenny sah in ihre Karte. Gestern mit Urban waren sie einen anderen Weg gegangen.

„Wir sind aber richtig …“, murmelte sie.

Auch der Kompass bestätigte das.

Paul spürte sofort die Kühle des Waldes. Durch die dicke Wolle seines Pullis kroch sie bis zu seiner Haut hindurch. Es roch nach feuchtem Moos und nach Harz. Aber noch irgendetwas anderes machte ihn nervös. Er hatte ein Geräusch wahrgenommen, das er nicht einordnen konnte.

„Leute!“, warnte er die anderen zwei. „Ich glaube, wir sind nicht allein!“

In diesem Moment knackte es im Unterholz. Direkt neben dem schmalen Weg stand ein Mann. Und in seiner Hand war ein langes Messer …

Eine harmlose Erklärung

Langsam, wie in Zeitlupe, hob der Mann im Gebüsch sein Messer. Die Klinge blitzte in der Sonne. Er grinste fies und zeigte seine gelben Zähne.

Entsetzt riss Jenny die Augen auf. Finn öffnete den Mund. Aber der Schrei blieb ihm in der Kehle stecken. Paul wollte einfach nur davonrennen. Doch seine Beine gehorchten ihm nicht. Wen würde es zuerst erwischen?

Hoch über dem Kopf des Mannes stoppte das Messer. Einen Augenblick verharrte es dort oben. Dann sauste es nach unten und traf … die Tanne. Mit einem kräftigen Schnitt löste der Mann eine haarige Flechte vom Baum.

„Na?“, sagte er grinsend. „Was ist denn los? Habt ihr Gespenster gesehen?“

Er lachte laut. Sein Gelächter schallte wie Donnerhall durch den Wald. Hinter ihm, auf einer kleinen Lichtung, meckerten Ziegen.

„Habe ich die Herrelitt etwa erschreckt?"

Jenny stampfte wütend mit dem Fuß auf. „Eine Frechheit ist das!", schimpfte sie den Hirten an. „Mitten im Wald uns so zu erschrecken!"

Paul hielt seine Freundin am Arm fest, um sie zu beruhigen. Etwa Mitte dreißig Jahre war der Kerl, schätzte Paul. Und er musste ein Leben lang draußen gewesen sein, das sah man an seinem braun gebrannten Gesicht. Jenny sollte sich besser nicht mit ihm anlegen.

Der Hirte tat unschuldig. Wollte er sich über die Kinder lustig machen? Oder hatte er ihnen aus einem anderen Grund aufgelauert?

„Man sollte sich nicht alleine in den Bergen herumtreiben, das könnte gefährlich werden!", antwortete er. „Ich habe jedenfalls nichts Böses im Sinn gehabt. Ich schneide nur Tannenbart."

Er zeigte auf seinen geflochtenen Korb. Mit zwei Gurten konnte man ihn wie einen Schulranzen auf dem Rücken tragen. Ganz unten lag die Flechte, die der Mann eben abgeschnitten hatte. Paul fand, dass die Pflanze wirklich wie ein Bart aussah.

Der Hirte knuffte Jenny mit dem Ellenbogen in die Seite. „Tut mir leid, wenn ich euch Angst gemacht habe. Das war nicht meine Absicht.“ Er hielt Jenny seine Hand hin. „Also, ich bin der Alois!“

Jenny betrachtete die Hand eine Zeit lang misstrauisch. Offenbar war sie nicht sicher, ob Alois nicht noch einen seiner krummen Scherze mit ihr vorhatte. Dann aber überlegte sie es sich anders und griff zu.

„Jennifer“, sagte sie. Es klang immer noch nicht besonders freundlich.

Finn blieb halb hinter seinem großen Bruder stehen.

Alois stand einen Moment still. Dann holte er den Tannenbart aus seinem Korb und hielt ihn sich ans Kinn. Es sah tatsächlich wie ein richtiger Bart aus.

„Der ist für mein Kostüm“, erklärte Alois. Er blickte sich nach der Lichtung um. „Ich muss mal nach meinen Ziegen sehen. Kommt mit, es ist Vesperzeit!“

Ehe die drei verneinen konnten, stapfte

Alois durch die Büsche zu seinen Tieren. Eigentlich wollte Paul einfach verschwinden, aber Jenny schob ihn vorwärts.

„Hören wir uns an, was er zu sagen hat", flüsterte sie. „Ich finde ihn höchst verdächtig!"

Paul runzelte die Stirn. „Der ist harmlos", glaubte er. „Dem ist im Wald langweilig und da erschreckt er die Wanderer."

Jenny schüttelte den Kopf. „Nein!", widersprach sie leise. „In seinem Korb war nicht nur das Stückchen Tannenbart. Ich habe auch eine Pfeife gesehen!"

Paul zuckte zusammen. Das war ihm gar nicht aufgefallen. Vielleicht war der Ziegenhirte tatsächlich ein weiterer Verdächtiger. Dann mussten sie ihn genau beobachten. Paul schwor sich aber, so vorsichtig wie möglich zu sein. Wenn er der Attentäter war, hatte er schließlich erst vor knapp zwei Stunden versucht, sie umzubringen.

„Nicht so schnell, Alois!", rief Paul so fröhlich wie möglich. Er tauschte einen Blick mit seiner Freundin. Sie nickte. Nach so vielen Jahren Freundschaft verstanden sie sich blind. Jenny blieb zurück und versteckte sich auf der anderen Seite des Wegs hinter einer Tanne. Für alle Fälle …

Als Paul und Finn auf der Lichtung ankamen, hatte Alois bereits eine graue Decke im Moos ausgebreitet. Mit seinem Messer schnitt er ein Brot in Scheiben. Dazu gab es Käse.

„Am morgigen Sonntag findet eines unserer schönsten Feste statt“, erklärte der Hirte. „Der Viehscheid, mit dem Wilde-Mändle-Tanz. Dreizehn fesche Burschen aus alten Oberstdorfer Familien verkleiden sich mit dem Tannenbart. Wie Waldgeister sehen wir dann aus. Auch ich habe in diesem Jahr die Ehre, mit dabei zu sein!“

Alois biss in sein Brot. „Die Kostüme sind natürlich längst fertig. Aber nach jeder Aufführung müssen wir sie ausbessern.“ Er lachte kehlig. „So wild ist der Wilde-Mändle-Tanz!“

Plötzlich verstummte er. „Wo ist denn eigentlich eure kleine Freundin?“

„Schon voraus“, sagte Finn nur. Er hatte angefangen, ein neugeborenes Zicklein mit Kräutern zu füttern. Zutraulich kam es näher und zupfte ihm die Blätter aus der Hand.

Alois nickte zufrieden. Dann steckte er zwei Finger in den Mund und pfiff. Sofort kam eine braun gescheckte Zicke zu ihm getrippelt. Alois packte sie sanft, stellte ihr eine Schüssel unter und molk sie. Als er fertig war, nahm er einen großen Schluck. Ein paar Tropfen blieben in seinem braunen Vollbart hängen.

Mit gütigem Nicken reichte er die Holzschüssel weiter.

Paul trank. Die Milch war noch warm. Wider Erwarten schmeckte sie köstlich. Als er die Schüssel an Finn übergab, machte Paul eine Entdeckung. Die Außenseite der Schale war mit einem kunstvoll eingeritzten Band verziert, das wie geflochten aussah.

„Selbst geschnitzt?", fragte Paul beiläufig. Er dachte an das verzierte Holzstück, das zwischen dem Geröll gesteckt hatte.

Alois starrte Paul an, als würde er ahnen, dass Paul sich nicht wirklich für die Schnitzerei interessierte. Er schien aber nicht herauszufinden, worauf Paul hinauswollte.

„Ja", sagte er. „Mit dem Messer kann ich umgehen ..." Er sah Paul scharf in die Augen.

Paul verschluckte sich an seinem Bissen. Sollte das eine Warnung sein, sich nicht weiter mit der Lawine zu beschäftigen? Kam Alois womöglich gerade vom Himmelhorn, wo er sie beobachtet hatte? Auf jeden Fall verspürte Paul keine Lust mehr, länger mit ihm in diesem einsamen Wald zu sein. Auch wenn Jenny Wache hielt.

Paul stand auf. „Wir… wir müssen gehen“, stammelte er. Finn protestierte leise. Das Zicklein hatte sich in seinem Schoß zusammengerollt und schlief. Als Paul ihm zunickte, stand er aber auf. Alois nahm ihm die kleine Ziege ab.

Blitzschnell zog Paul das Handy aus der Tasche und machte ein Foto von dem Hirten. Bevor sich Alois umgedreht hatte, war es wieder in seiner Hosentasche verschwunden.

„Bis morgen, zum Fest!“, rief ihnen Alois nach. „Wenn ihr dann noch da seid …!“

Paul nickte nur. Für ihn klang das wie: Haut ab oder ich mache euch Beine!

Jenny empfing sie mit gespanntem Blick. „Und?“, fragte sie. Mit großen Schritten stieg sie über Farnkraut auf den schmalen Weg zurück. Schnell warf sie noch einen Blick auf die Karte und zeigte Richtung Norden.

„Ich finde ihn eigentlich ganz nett“, antwortete Finn.

Paul schüttelte den Kopf. „Du hast dich ja auch nur mit der kleinen Ziege beschäftigt“, lästerte er. „Aber der Hirte selbst ist höchst verdächtig. Außerdem kann er sehr gut schnitzen.“

Jenny nickte. „Und er hat uns doch aufgelauert“, war sie sich sicher. „Noch einer, der uns aus den Bergen vertreiben will!“

Paul hielt ihr eine dicke Brotscheibe mit Käse hin. „Hab ich für dich eingesteckt“, sagte er. Seine Freundin dankte es mit funkelnden Augen.

Der Weg machte einen Knick. Über einen steilen Abhang erreichten sie einen breiten Fluss. Gemächlich plätscherte er dahin. „Das ist die Trettach“, fand Jenny mit ihrer Karte heraus. „Im Sommer und Herbst ist das ein ruhiges Flüsschen, steht hier. Aber spät im Frühling, wenn oben auf allen Gipfeln der Schnee schmilzt, schwillt er an. Dann sollte man ihn besser nicht durchqueren.“

Am Ufer der Trettach folgten sie dem

Weg. Langsam kamen sie Oberstdorf näher. Ein Holzfäller mit geschulterter Axt überholte sie. Freundlich grüßend zog er seinen Hut.

Paul konnte kaum antworten. Sein Magen grummelte fast so laut wie der tosende Fluss. War das die Wirkung der ungewohnt frischen Ziegenmilch? Oder spürte sein Körper die bedrohliche Situation?

Zu Besuch beim Prinzen

Kaum dass die drei Freunde den Fluss verließen, wurde es richtig warm. Paul zog den dicken Wollpulli aus und knotete ihn sich um die Hüfte. Finn schwang seinen Hut und versuchte einen Jodler.

„Hör auf!“, rief Paul lachend. „Das klingt wie eine kranke Kuh, die in eine Milchkanne brüllt!“

Die Vögel krächzten. In großen Schwärmen sammelten sie sich in den Baumkronen. Nur noch ein paar Tage, vermutete Paul, dann würden sie nach Süden ziehen. Die Bauern auf den Feldern ernteten das letzte Gemüse. Knechte fuhren das Heu von den Bergwiesen ein und Gänse watschelten über die Wege. Fast hätte man meinen können, im Paradies zu sein. So friedlich wirkte alles. Und doch hielt sich ein gefährlicher Attentäter in Oberstdorf auf.

Die Kirchturmglocke schlug dreimal. Direkt an der Kirche kam ihnen Anni entgegen. Ihre Gastgeberin winkte ihnen schon von Weitem zu.

„Servus!“, rief sie fröhlich. Sie schwenkte einen bunten Strauß von Herbstblumen.

„Danke“, sagte Paul lachend. „Ist der für mich?“

Anni schüttelte den Kopf. „Der ist für unseren Prinzen. Der Luitpold ist doch vor zwei Tagen beinahe von einer Lawine überrollt worden!“, erklärte sie. „Die Berge unterscheiden nicht, ob einer auf dem Thron sitzt oder im Armenhaus. Wenn das Geröll rutscht, dann rutscht's!“

Jenny, Finn und Paul sahen sich an. Sie wussten es besser. Aber es war noch nicht an der Zeit, jemandem von ihrer Entdeckung zu erzählen.

„Wir haben zwar keinen Strauß“, sagte Jenny. „Aber meinst du, wir könnten trotzdem mitkommen? Einen echten Prinzen sieht man schließlich nicht alle Tage.“

Anni nickte. „Gut. Da hinten ist sein Jagdhaus, da wohnt er immer, wenn er sich in Oberstdorf aufhält. Eigentlich lebt er ja in München.“

Sie bogen hinter der Kirche ab. Nach knapp hundert Metern standen sie vor einem schlichten Gebäude. Über der Tür an der Seite hing ein riesiges Hirschgeweih. Paul erkannte das Haus gleich wieder. Nur das Standbild war jetzt natürlich noch nicht hier.

Zwei Wachen in dunkelblauen Uniformjacken und weißen Hosen standen am Rand des Grundstücks stramm. Ihren Augen schien nichts zu entgehen. Und die Säbel an ihren Gürteln sahen scharf aus.

Paul hielt Anni zurück.

„Hat Luitpold eigentlich Feinde hier im Dorf?“, wollte er wissen.

Anni starrte ihn an, als hätte sie die Worte nicht verstanden.

„Feinde?“, hakte sie nach. Dann schüttelte sie den Kopf so fest, dass ihre blonden Zöpfe flogen. „Nie und nimmer! Der Prinz ist in ganz Oberstdorf als Wohltäter bekannt. Vor sieben Jahren hat's doch hier den großen Brand gegeben. Fast das ganze Dorf ist verwüstet worden – 143 Häuser! Da hat Luitpold sein Jagdhaus den Obdachlosen zur Verfügung gestellt. Und Geld hat er gespendet.“ Paul nickte. Bei ihrer Suche nach einem Gasthaus waren ihm die vielen zerstörten Häuser aufgefallen. Anscheinend warteten noch immer einige verkohlte Ruinen auf den Wiederaufbau. Anni holte tief Luft, dann plapperte sie weiter drauflos. „Und wenn der Prinz Geburtstag hat, bekommt jedes Schulkind eine Semmel mit Wurst. Und für die ganz armen Kinder richtet er jedes Jahr ein Sparbuch ein. Und wer ein guter Musiker ist, dem gibt er Geld, damit er auf die Musikschule gehen kann. Und noch vieles, vieles mehr. Wer sollte diesem guten Mann etwas Böses wollen?“

Paul bemerkte Annis roten Kopf. Schon die Frage alleine hatte sie völlig empört. Luitpold musste tatsächlich ein beliebter Mann in Oberstdorf gewesen sein. Ein Prinz, der für seine Untertanen sorgte. Und doch hatte jemand versucht, ihn umzubringen. Der Fall wurde immer rätselhafter.

„Wenn du so von ihm schwärmst, müssen wir ihn kennenlernen“, rettete Jenny die Situation.

Anni nickte versöhnt.

Finn fummelte seine Stoppuhr aus der Tasche. „Mal sehen, wie lange es dauert, bis uns die Wachen verjagen“, sagte er nicht sehr zuversichtlich.

„Grüßt's euch!“, sagte eine der Wachen belustigt. Der Mann hatte einen weißen Kinnbart, der ihm von einem Ohr zum anderen ging. Es klang immerhin halb freundlich. „Wollt ihr zu mir?“ Er musste sich ein Grinsen verkneifen.

Anni machte brav einen Knicks.

„Nein, zum gnädigen Herrn Luitpold, wenn's recht ist, bittschön!"

Die Wache schüttelte den Kopf. „Unser Prinz steht noch unter Schock. Er muss sich dringend erholen, hat sein Leibarzt angeordnet!"

Enttäuscht ließ Anni den Kopf hängen. Der Strauß hinter ihrem Rücken baumelte hin und her.

„Aber mit schönen Blumen im Zimmer erholt er sich vielleicht noch besser?", fragte er die zweite Wache und zwinkerte den Kindern zu. Sein Kamerad nickte. Dann schlug er die Hacken zusammen und ging auf die Tür des Jagdhauses zu. Der Mann mit dem weißen Bart schob sie hinter ihm her, drei Stufen nach oben.

Im Haus war es finster. Alle Vorhänge waren zugezogen, alle Fensterläden geschlossen. Die Möbel waren aus dunklem Holz. Überall blitzten Augen von Tieren: Dachse, Wiesel, Marder. Nach einem bangen Moment bemerkte Paul, dass sie ausgestopft waren. Jagdtrophäen, wie das riesige Hirschgeweih draußen. Über dem

Türrahmen breitete ein gewaltiger Adler seine Schwingen aus. In der Ecke erhob ein Bär bedrohlich seine Tatzen.

Die Wache blieb stehen und klopfte. „Eure Majestät?“

Von innen erklang ein zustimmendes Brummen.

„Ihr habt Besuch, Eure Majestät!“

Wieder kam Brummen zur Antwort. Mit Schwung öffnete die Wache die Tür.

Unsicher machte Anni einen Schritt in den Raum. Paul linste ihr über die Schulter. Zuerst sah er nur eine Staffelei. Ein halb fertiges Ölgemälde stand darauf. Paul glaubte, das Nebelhorn zu erkennen. Es roch nach Farbe. Als Anni schüchtern eintrat, gab sie den Blick auf das große Bett frei. Bis zum Gürtel zugedeckt, saß ein großer Mann aufrecht im Bett. Sein Oberkörper steckte in einer prächtigen Uniform mit sechs oder sieben schimmernden Orden auf der Brust. Seine dunkelbraunen Haare waren recht kurz geschnitten, der Bart aber war voll und sehr lang.

Finn war sichtlich enttäuscht. Er schien

einen Märchenkönig mit langer Schleppe und Krone auf dem Kopf erwartet zu haben. Doch Luitpold sah auch ohne Zepter würdevoll aus. Im Augenblick aber wirkte er tatsächlich ein wenig geschockt.

„Kommt herein“, bat er mit brüchiger Stimme.

Mit hochrotem Kopf trat Anni an sein Bett und hielt ihm die Blumen hin. Luitpold nahm sie und schnupperte daran. „Riechen die gut!“, lobte er. Dann wurden seine Gesichtszüge ernst. „Ja, das war ein schlimmer Schreck …“

Paul räusperte sich. „Wie ist denn das eigentlich genau passiert?"

Der berühmte Mann mit dem Rauschebart erzählte – wahrscheinlich zum zehnten Mal heute – die Geschichte.

„Vorgestern waren wir auf meiner Alpe zur Gämsenjagd", begann er. „Auf dem Rückweg durchs Oytal hatten wir das Nebelhorn schon im Blick, als plötzlich …" Luitpold hob den Arm und ließ ihn wieder nach unten fallen. „… ein gewaltiges Rauschen von den Bergwänden widerhallte. Wenn mich nicht ein Jagdhelfer aus dem Dorf im letzten Moment zur Seite gerissen hätte …" Er führte den Satz nicht zu Ende. Stattdessen bekreuzigte er sich. „So wurde nur ein Treiber leicht verletzt. Und dem geht es Gott sei Dank auch schon wieder besser. Jetzt habe ich alle Jagden für diese Woche absagen müssen. Aber zum Glück findet ja der Wilde-Mändle-Tanz statt. Langweilen werde ich mich also nicht in meinem geliebten Oberstdorf!"

Er begann zu husten. Die Wache trat durch die Tür und nahm Paul bei den

Schultern. Mit sanftem Druck wollte sie ihn in den Flur geleiten. Aber seine Majestät hob noch einmal die Hand. „Kommt mal her!“, bat er. Er holte eine kleine Schatulle aus seiner Nachttischschublade. „Ich habe mich sehr über euren netten Besuch gefreut.“ Jedem seiner Gäste zählte er zwei Münzen in die Hand. Anni und Jenny bedankten sich mit einem Knicks. Paul stupste Finn an und sie verbeugten sich.

„Beim Viehscheid morgen wird sich sicherlich eine Gelegenheit finden, das Geld wieder loszuwerden“, schlug der Prinz lachend vor. „Und jetzt raus mit euch. Auch Majestäten müssen auf ihren Arzt hören!“

Mit gesenktem Kopf trat Paul ins Freie. Der Besuch hatte sie kein Stückchen weitergebracht. Oder?

Ein Komplott?

„Habt ihr Hunger?“, fragte Anni plötzlich, als sie das Königliche Jagdhaus verlassen hatten. Die beiden Wachen winkten ihnen freundlich hinterher.

„Und wie!“, platzte es aus Finn heraus. Er war gerade dabei, seine Stoppuhr zu kontrollieren. Sie waren länger als gedacht im Zimmer des Prinzen gewesen.

Auch Jenny und Paul nickten. Ihr Mittagessen aus Brot und Käse war nicht besonders viel gewesen. Und Bergluft machte unglaublich hungrig.

„Dann kommt doch mit zu mir nach Hause“, schlug Anni vor. „Meine Mutter hat heute Mittag einen großen Topf Kohlsuppe aufgestellt!“

Finn verzog das Gesicht. „Kohlsuppe?“, nörgelte er. „Ich dachte eher an Pizza oder Hähnchen-Nuggets!“

Anni sah ihn ratlos an.

„Kohlsuppe klingt gut!“, rief Paul schnell.

Als sich Anni verwirrt umdrehte, trat er seinem Bruder auf den Fuß. „Hähnchen-Nuggets!“, zischte er leise. „Am besten noch einen Döner mit Pommes, was?“

„Au ja!“, jubelte Finn. Dann erst verstand er, dass Paul ihn ärgern wollte.

In Annis Haus schlug ihnen der strenge Kohlgeruch gleich entgegen. Ihre Mutter stand am Herd und rührte in einem riesigen Kessel.

„Hol schnell noch Wasser!“, bat sie. „Dann können wir essen.“

Anni rannte mit einem Eimer zum Brunnen. In der Zwischenzeit schnitt Jenny das Brot, Paul und Finn deckten den Tisch. Auch diese Schüsseln waren mit Schnitzmustern verziert, wie Paul feststellte. Anscheinend waren diese Schnitzereien typisch für das Dorf. Aber hieß dies auch, dass Alois dadurch weniger verdächtig war?

Finn stöhnte zufrieden. Es tat gut, einfach mal zu sitzen und sich auszuruhen. Jenny schloss sogar für ein paar Minuten die Augen.

Nach dem Essen drückte Annis Mutter

ihrer Tochter zwei kleine Töpfe mit Henkel in die Hand. „Den einen bringst du dem Vater als Abendbrot aufs Feld!“, sagte sie. „Und den anderen zur Festwiese am Renksteg. Der Schorsch probt doch heute schon den Tanz.“

Die sonst so fröhliche Anni schien sich über den Auftrag nicht so recht zu freuen, nickte aber gehorsam.

Paul, Finn und Jenny bedankten sich für das Essen. Dann gingen sie mit Anni zurück auf die Gasse. Die Sonne verschwand hinter einem Gebirgskamm. Es war ungeheuer warm für Anfang Oktober.

„Georg ist mein großer Bruder“, erklärte Anni vor der Tür. „Alle nennen ihn nur Schorsch.“

Jenny zog die Nase kraus. „Den kennen wir ja noch gar nicht.“

Anni schüttelte ihre Zöpfe. „Nein, der ist ungeheuer stolz, dass er in diesem Jahr mittanzen darf. Deshalb ist er seit Tagen nur auf der Wiese und bereitet alles vor. – Leider muss ich mit dem Essen für meinen Vater genau in die andere Richtung.“

Jennys Gesicht leuchtete auf. Sie hatte eine Idee.

„Weißt du was?“, schlug sie vor. „Wie wäre es, wenn wir drei dir einen Weg abnehmen würden? Wir bringen dem Schorsch sein Essen.“

Anni strahlte. „Das würdet ihr wirklich tun?“

Paul nickte heftig. „Klar. Erstens bist du auch immer nett zu uns. Und zweitens können wir so vielleicht schon einmal einen Blick auf die Wilden Mändle werfen …“ Er verriet ihr nicht, dass er zumindest einen der Tänzer für gefährlich hielt.

„Die Wiese ist leicht zu finden“, sagte Anni. „Geht da lang, bis ihr zu den drei Pestkapellen St. Loretto kommt. Direkt darüber ist der Renksteg!“

Als Anni um die Ecke gebogen war, hielt Finn seinen Bruder am Träger der Lederhose fest. „Was hast du vor?“, fragte er.

Auch Jenny sah Paul erwartungsvoll an.

Paul teilte ihnen seinen schrecklichen Verdacht mit. „Luitpold geht morgen zum Fest, das wissen alle. Wenn ihn wirklich jemand umbringen will, könnte das auch dort im Gewimmel passieren!“

Finn schaute einem Jungen nach, der an einem Strick ein mageres Ferkelchen hinter sich herzog. Jenny aber ließ sich Pauls Worte genau durch den Kopf gehen.

„Du meinst, der Attentäter schlägt auf dem Fest zu? Obwohl das ganze Dorf und Hunderte von Gästen da sind?“ Sie schüttelte den Kopf. „Das glaube ich nicht. Dann hätte er auch bei seinem ersten Mordversuch kaltblütiger zugeschlagen.“

An der nächsten Kreuzung kamen sie an den drei weißen Kapellen vorbei. „Da lang!“, bestimmte sie.

Sie bogen in eine breitere Straße ein, die auch von Kutschen befahren werden konnte. Ein Ochsengespann zuckelte vor ihnen her. Es war mit Tischen und Bänken beladen. Sicher für das Fest am Wochenende.

„Ich glaube nicht, dass jemand Luitpold mitten im Gedränge angreifen wird“, stellte Paul klar. „Aber vielleicht plant der Täter einen Hinterhalt? Wenn wir den Attentäter bis morgen nicht überführt haben, dann

wird's brenzlig. Umso besser, wenn wir uns auf dem Gelände schon ein bisschen auskennen."

Der Ochsenkarren vor ihnen bog nach links ab. Aus einem Zaun waren ein paar Latten herausgehoben worden. Vorsichtig steuerte der alte Mann auf dem Kutschbock sein Gespann auf die einzige Wiese weit und breit. Alle anderen ebenen Flächen waren Äcker. Die Kühe grasten ja alle oben auf den Alpen, wie Anni ihnen heute Morgen erzählt hatte.

„Wir wollen zu Georg, dem Bruder von Anni“, sprach Jenny den Bauern an.

„Georg?“ Er kratzte sich am Kopf? „Georg ham wia hier keinen“, nuschelte er in seinen Bart.

„Wir meinen Schorsch!“, plapperte Finn dazwischen.

Sofort erhellte sich das Gesicht des Alten. „Warum sagt ihr das nicht gleich? Der Schorsch ist hinten im Zelt. Da wo sich die Wilden Mändle umziehen.“

Paul bedankte sich. Das Zelt war nicht zu verfehlen. Drum herum hämmerten junge Männer ein halbes Dutzend Buden zusammen. Die halbe Wiese war schon mit Tischen und Bänken zugestellt. Hier würde es sicher Essen und Trinken geben, vermutete Paul. Und alle Blicke würden auf die große Bretterbühne gerichtet sein. Direkt dahinter war über die ganze Länge ein schmales Zelt aufgebaut.

Die drei Freunde gingen um die Bühne herum. An der Seite befand sich der Eingang zum Zelt. Paul steckte seinen Kopf hinein. Sein Herz klopfte aufgeregt, aber weder Alois noch Urban waren da. Das ganze Zelt war leer.

„Mist“, fluchte Paul. „Alle ausgeflogen!“

Er schlug die Zeltplane zur Seite und trat ein. Wenigstens konnten sie sich jetzt in Ruhe umsehen. Eben wollte er hinter eine Trennwand sehen, als sich ihm von hinten eine schwere Hand auf die Schulter legte.

Paul riss den Kopf herum … und stieß einen spitzen Schrei aus. Hinter seinem Rücken hatte sich eine grauenhafte Gestalt angeschlichen. Von Kopf bis Fuß war sie mit langen blonden Strähnen bedeckt. Selbst das halbe Gesicht war behaart. Dann fing die Gestalt an, grässlich zu lachen. Ein Schneidezahn fehlte.

Nach ewig langen Sekunden verstand Paul endlich – das war einer der Wilden Mändle. Einer der Tänzer im Kostüm, der sich mit ihm einen Scherz erlaubte! Er traf die Augen des Mannes. Sie sahen kein bisschen böse aus. Eher freundlich. Augenblicklich veränderte sich das Lachen. Jetzt klang es schadenfroh.

„Entschuldigt!“, keuchte der junge Kerl.

„Aber es war zu verlockend. Ich habe Mutters Topf bei euch gesehen. Da wusste ich, die Herrelitt würden den kleinen Spaß schon verstehen!“

Jenny sah allerdings etwas verärgert aus. „Warum meint jeder, die Leute aus der Stadt erschrecken zu müssen?“, knurrte sie.

Umständlich nahm Schorsch seine Perücke aus Tannenbart herunter. Zum Vorschein kam ein etwa zwanzigjähriger Mann, der Anni wie aus dem Gesicht geschnitten war.

„Helft mir mal!“, bat er. Jenny und Finn hielten die Ärmel seines Kostüms fest. Der Wilde Mann verwandelte sich wieder in einen Oberstdorfer.

„Danke, dass ihr mir das Essen gebracht habt!“ Er hockte sich auf einen dreibeinigen Schemel und begann, die Suppe zu löffeln. Paul ließ seinen Blick noch eine Weile durch das Zelt schweifen. Dann war er sicher, nichts Wichtiges übersehen zu haben. Finn skizzierte alles blitzschnell auf seinem Block.

„Wir wollen nicht weiter stören“, verabschiedete sich Paul. „Bis morgen. Und viel Glück!“

Schorsch nickte ihnen fröhlich zu.

„Meinst du …?“, begann Finn lautstark eine Frage. Doch Paul hielt ihm augenblicklich den Mund zu. Draußen war es jetzt schon recht dunkel. Aber die zwei Gestalten, die dort neben der Bühne standen, kannte er nur zu gut. Alois und Urban unterhielten sich hitzig. Und zweimal hörte Paul laut und deutlich das Wort Prinz …

Festvorbereitungen

Paul stand stocksteif da. Er war sich sicher, dass ihre Verdächtigen ein weiteres Attentat auf den Prinzen planten. Beide waren ihnen an der Unglücksstelle über den Weg gelaufen. Und beide benahmen sich höchst seltsam. Aber dass sie zusammenarbeiten könnten, auf den Gedanken war Paul bisher nicht gekommen.

„Ich verstehe nicht, was sie sagen“, flüsterte Jenny.

Paul schüttelte den Kopf. „Ich auch nicht, wir müssen näher ran!“

Finn hatte die zündende Idee. „Unter der Bühne durch!“, schlug er vor.

Auf allen vieren krochen die drei Freunde vorwärts.

Unter der Bühne war es noch nass vom letzten Regen. Im Nu waren Pauls Knie und Ellenbogen feucht. Aber er achtete nicht darauf. Er gab sich nur Mühe, ohne ein Geräusch an die Verdächtigen heranzurobben. Etwa einen Meter von ihnen entfernt stoppten sie. Die Schuhe der Männer waren zum Greifen nahe.

„Merkwürdige Dinge geschehen in den Bergen in letzter Zeit", hörten sie Urban brummen. „Es wird Zeit, dass das Bergführen endlich ein richtiger Beruf wird! Kein Fremder soll mehr alleine da raus!"

„Recht hast du, Urban!", stimmte ihm Alois zu. „Auch der Prinz sollte besser aufpassen. Wenn noch ein Unglück geschieht, kommt gar kein Sommergast mehr. Dann haben die Herrelitt Angst vor den Bergen!"

Alois spuckte aus. „Andererseits haben wir dann wenigstens unsere Ruhe!"

Urban knurrte. „Aber unserem Prinzen kannst du nichts vorschreiben. Der weiß schon, was er macht!"

Es knarrte. Alois hatte sich mit Schwung auf die Bühne gesetzt. Genau vor Finns Nase baumelte er mit den Füßen.

„Dein Kostüm hat noch ein paar kahle Stellen", spottete Alois jetzt. „Du willst es doch wohl nicht etwa so lassen?"

Urban schwieg einen Moment. Tabakrauch quoll durch die Bretterritzen.

„Ich gehe morgen früh vor Sonnenaufgang noch mal zum Nebelhorn, Tannenbart schneiden", antwortete er dann. „Und am Abend springe ich dann mit der schönsten Verkleidung auf die Bühne. Wirst sehen!"

Er sog wieder an seiner Pfeife.

„Na dann verlauf dich nicht!", höhnte Alois. Paul konnte nicht erkennen, ob Urban lachte oder verärgert reagierte.

Jenny tippte Paul und Finn auf die Schultern. Langsam krochen sie rückwärts aus ihrem Versteck.

„Das war ja wohl nichts“, sagte Jenny enttäuscht, als sie wieder im Freien waren.

Finn klopfte sich das feuchte Gras von der Lederhose. „Einen Mord haben die jedenfalls nicht geplant“, meinte auch er. „Die scheinen sich nicht mal besonders zu mögen.“

Paul dachte nach. Er war völlig verwirrt. Von Minute zu Minute änderten sich seine Vermutungen. Vor einer Viertelstunde noch war er sicher gewesen, Alois und Urban wollten zusammen den Prinzen umbringen. Jetzt wusste er gar nicht mehr, was er glauben sollte.

„Morgen früh will er zum Nebelhorn“, wiederholte Jenny Urbans Worte. „Da müssen wir mit!“

Finn und Paul nickten. „Den lassen wir nicht mehr aus den Augen!“

Als die Freunde die Bühne verlassen wollten, war plötzlich Alois vor ihnen. Breitbeinig versperrte er ihnen den Weg. Paul zuckte zusammen. Wie lange stand der Hirte schon da? Hatte er sie etwa auch belauscht?

„Schön, dass ihr gekommen seid“, freute er sich. Paul konnte nicht erkennen, ob er es ehrlich meinte. „Ich habe mein Kostüm fertig und nun darf sich meine Herde noch einen Tag richtig satt fressen. Und morgen wird gefeiert!“ Ehe Jenny reagieren konnte, hatte Alois ihre Hand ergriffen. Er zog sie eng an sich und tanzte mit ihr über die Wiese. Ein paar der Arbeiter leuchteten mit ihren Stalllaternen und klatschten in die Hände. Alois lachte schallend. Dann ließ er die verdutzte Jenny los. So schnell wie er aufgetaucht war, verschwand Alois auch wieder. Gut gelaunt sprang er über den Zaun der Festwiese und rannte lachend ins Dorf zurück.

Finn grinste über beide Backen. „Hallo, Tanzkönigin!“

Jenny sah ihn warnend an.

Finn senkte den Kopf. „Ich weiß nicht, was du hast – ich finde Alois lustig.“

Paul seufzte. Konnte sich ein Verbrecher so verstellen? Gedankenverloren holte er seine goldene Taschenuhr hervor. Es war kurz nach sieben. Alois war verschwunden,

Urban wollten sie am kommenden Tag verfolgen. Gemeinsam beschlossen sie, sich noch ein bisschen auf der Festwiese umzusehen. Vielleicht entdeckten sie ja auch hier einen Hinweis auf die Tat.

Sie schwärmten auseinander. Paul beobachtete die Männer, die den Verschlag für die Tiere ausbesserten. Dann schlenderte er zu den Verkaufsständen hinüber. Frauen in schwarzen Kleidern dekorierten die Buden mit Blumen und Ähren. Sie unterhielten sich über dies und jenes. Fast jede lobte den Herrgott noch einmal dafür, dass Luitpold ohne Schaden davongekommen sei. Einige Männer probierten schon das Festbier. Aber verdächtig benahm sich niemand.

Als man ohne Laterne die Hand nicht mehr vor Augen sehen konnte, machten die Arbeiter ein großes Feuer. Es gab noch viel vorzubereiten. Paul setzte sich auf eine Bank direkt vor die Bühne. Das Musikorchester in feiner Sonntagstracht nahm gerade seinen Platz für die Generalprobe ein. Neben allerhand Trompeten und Waldhörnern wurde auch Zither gespielt. Paul gefiel der Klang, obwohl er Volksmusik sonst nicht besonders mochte.

„Hast du etwas rausgefunden?“, fragte Jenny. Unbemerkt war sie auf der Bank neben ihn gerutscht. Finn hatte eine Mettwurst in der Hand. Paul schüttelte den Kopf. „Nichts. Nicht der kleinste Hinweis.“

Jenny verzog das Gesicht. „Uns ist auch nichts aufgefallen. Nur dass die meisten Händler über die Zölle auf Schnaps und Tabak aus Österreich klagen.“

Finn beeilte sich, seinen Bissen herunterzuschlucken. „Zoll bedeutet, dass die Schnapsbrenner an der Grenze Geld bezahlen müssen“, verkündete er stolz sein Wissen. „Dann ist die Ware genauso teuer wie die aus Bayern und keiner hat einen Nachteil!“

Jenny zwinkerte Paul zu. Doch er wusste auch so, wer seinem Bruder das alles beigebracht hatte. Er stand auf.

„Ich weiß, es ist noch nicht einmal acht Uhr“, sagte Paul. „Aber wir sollten uns schlafen legen. Morgen wird es bestimmt anstrengend. Außerdem stehen hier doch alle so früh auf.“

Jenny nickte. „Und Urban sowieso.“

Kaum in ihrem Zimmer angekommen, schliefen Finn und Jenny sofort ein. Paul wälzte sich aber noch bis tief in die Nacht auf der piksenden Matratze hin und her. Immer wieder hatte er Urban vor Augen, wie er drohend die Faust schwang. Morgen, das spürte er, würden sie wissen, wer der Attentäter war. Und er hoffte, dass sie den Tag gut überstehen würden.

Es war noch stockfinster, als sich eine Gestalt zu den drei Freunden ins Zimmer schob. Leise öffnete sie das kleine Fenster. Frische Luft strömte herein. Dann packte eine eiskalte Hand nach Pauls Schulter.

Gewaltmarsch

Mit einem erstickten Schrei fuhr Paul hoch. Irgendetwas lag wie Blei auf seinem Gesicht. Sein Herz raste. Eben noch hatte er von Urban geträumt.

„Was …?“, entfuhr es Paul erschrocken. Vor ihm stand … Anni!

Sie grinste, das sah Paul auch in der Dunkelheit. „Ihr wolltet doch geweckt werden, wenn die Eltern aufstehen!“

„Aber doch nicht mitten in der Nacht!“

Anni kicherte. „Es ist schon halb fünf! Ich muss die Ziegen melken. Schorsch ist bereits bei den Hühnern.“

Wie auf Kommando begann der Hahn zu krähen. Überall aus dem Dorf antworteten ihm seine Artgenossen.

„Heute ist Viehscheid, oh, ich freue mich ja so!“

Verschlafen reckte Finn seinen Kopf über die Bettkante. Jenny rieb sich die Augen. So früh waren sie noch nie aufgestanden.

Müde wankten die drei Freunde Anni zum Brunnen hinterher und wuschen sich die Gesichter. Das eiskalte Wasser weckte sie schnell auf. Der heiße Tee von Annis Mutter tat den Rest.

„Nach dem Fest heute Abend reisen wir ab“, verkündete Jenny. „Habt vielen Dank für die Gastfreundschaft!“

Paul nickte. Auch er war sich sicher, dass sie auf dem Viehscheid den Täter herausfinden würden.

„Damit es nach dem vielen Bier keine zu argen Schlägereien gibt, sind sogar zwei Polizisten aus Kempten da“, hatte Anni stolz verkündet. Und Paul wollte mit Finn und Jenny dafür sorgen, dass die beiden nicht mit leeren Händen zurückfuhren.

Paul sprang auf. Sie mussten los, wenn sie Urban nicht verpassen wollten.

Nur fünf Minuten später lagen sie vor Urbans Haus auf der Lauer. Anni hatte ihnen gezeigt, wo der Mann wohnte, der das Bergführen zu einem anerkannten Beruf machen wollte.

Paul, Finn und Jenny drängten sich hinter

einen dicken Wassertrog. Durch das kleine Fenster von Urban drang Licht nach draußen, flackernder Kerzenschein.

Gerade als Paul dachte, Urban hätte sein Haus schon verlassen, wurde die Kerze ausgeblasen. Die Tür ging auf und der große Mann mit dem Vollbart trat auf die Gasse.

Lautstark grüßte er einen entgegenkommenden Nachbarn mit einer vollbeladenen Schubkarre aus Holz.

Urban ging in einen Schuppen hinter dem Haus. Nur einen Augenblick später kam er mit einem Korb auf dem Rücken zurück. Er griff nach seinem Wanderstock und stiefelte los, dem Nebelhorn entgegen.

Die drei Freunde warteten, bis er einen kleinen Vorsprung gewonnen hatte. Dann liefen sie ihm hinterher.

Schon eine halbe Stunde später war Paul nass geschwitzt. Urban eilte aber im hohen Tempo den Berghang hinauf. Egal ob Gras, Geröll oder fester Fels unter seinen Schuhen war, er veränderte nie seine Geschwindigkeit. Schritt für Schritt erklomm er den Berg. Die Sonne ging bereits auf und ließ den Ort wie in Gold erstrahlen.

Zum Glück blieb ihr Verdächtiger von nun an alle paar Hundert Meter stehen. Dann zückte er eine kleine Sichel. Mit geübten Bewegungen schnitt er die Flechten von den Baumstämmen.

„So viel braucht er doch gar nicht mehr!“, keuchte Jenny leise. Sie hatte die Augen geschlossen und atmete heftig ein und aus. Finn war noch erschöpfter als sie. Aber Pauls kleiner Bruder biss die Zähne zusammen. Niemals hätte er angefangen zu klagen. Trotz der Anstrengung sah er glücklich aus.

„Was will der mit dem ganzen Tannenbart?“, wunderte sich Jenny erneut. Urban war währenddessen hinter einer Biegung verschwunden und konnte sie nicht hören. Das hoffte zumindest Jenny. „Der hat doch irgendetwas vor!“

Paul drehte sich um und erschrak. Oberstdorf lag schon ein gutes Stück unter ihnen. Klein wie bei einer Spielzeugeisenbahn.

Als sie um einen großen Gesteinsbrocken bogen, war Urban verschwunden. Sosehr sie sich auch beeilten, weit und breit war keine Spur mehr von ihm zu sehen. Noch ganze 57 Minuten und 16 Sekunden stiegen sie weiter aufwärts, wie Finn nach einem Blick auf die Stoppuhr verkündete. Dann lag nur noch ein steiler Anstieg zum Gipfel des Nebelhorns vor ihnen. Der Ausblick war herrlich. Hunderte von Bergen waren von hier zu sehen. Nur kein einziger Mensch.

„Mist!“, schimpfte Finn. „Alles umsonst!“

Auch Jenny konnte es nicht fassen. „Wo kann Urban nur sein? Ob er uns doch bemerkt und sich im Wald versteckt hat? Wahrscheinlich trinkt er jetzt schon lachend sein erstes Bier auf dem Fest!“

Paul ballte die Faust vor Ärger. Wo hatte Urban sie nur abhängen können? „An uns vorbeigegangen ist er nicht“, grübelte er. „Also ist er einen anderen Weg zurückgegangen – da drüben ist ein Abzweig! Und wenn mich nicht alles täuscht, führt er runter ins Oytal, wo die Lawine losgegangen ist.“

Mühsam stiegen sie den Berg wieder hinunter. Es war höllisch anstrengend, fand Paul. Aber er war auch mächtig stolz. Sie hatten über die Hälfte des hohen Berges bezwungen!

Der Weg, den sie jetzt gewählt hatten, erwies sich allerdings als noch schwieriger. Jenny sah auf die Karte. „Das ist der Klettersteig“, verkündete sie. „Nur für erfahrene Wanderer empfohlen!“

Zum Glück kamen sie aber schneller

vorwärts als gedacht. Ein paar Wolken spendeten genug Schatten, sodass sie nicht so schwitzten.

„An dem See da machen wir Pause", stöhnte Finn. „Meine Socken qualmen bestimmt schon!"

Paul beobachtete die Umgebung. Missmutig schüttelte er den Kopf. Urban war ihnen entkommen. Er glaubte keine Sekunde daran, dass der Bergführer schon auf dem Fest war. Wahrscheinlich führte er schon jetzt seinen schrecklichen Plan aus.

Plötzlich krachte ein Schuss. Paul warf sich auf den Boden. Kein Zweifel – jemand schoss auf sie. „Runter!", schrie er und rannte geduckt hinter einen großen Felsbrocken. Finn und Jenny flitzten ihm nach.

„Hab ich's doch gewusst!", schimpfte Paul in sich hinein. „Urban!"

Jenny schüttelte den Kopf. „Ein Schuss für drei Verfolger?"

Finn blickte ängstlich zu seinem Bruder. „Der will uns hoffentlich nur vertreiben! Was machen wir jetzt?", fragte er.

Ein Krächzen erklang. Paul hatte so ein

Geräusch schon des Öfteren im Tal gehört. Es war ein Adler. Aber dieser hier klang verzweifelt.

Vorsichtig sah Paul über den Felsen. Gute zehn Meter von ihm entfernt sprang ein Adler über das Gras. Die Halme, die er berührte, waren danach rot. Der Raubvogel war angeschossen. Paul wollte ihm helfen, da hörte er Schritte. Schnell versteckte er sich wieder. Er zückte das Handy, bereit, die Fototaste jederzeit zu drücken, und bedeutete Finn und Jenny, leise zu sein. Die zwei nickten. Sie verstanden. Paul robbte ein Stück zur Seite, bis er den verletzten Vogel sehen konnte.

Zwei Männer eilten jetzt auf den kleinen Platz. Paul glaubte, sie auch bei der Versammlung mit Annis Eltern gesehen zu haben. Aber er war sich nicht sicher. Einer der beiden hatte ein Gewehr geschultert. Der andere trug ein Lamm in einem Korb auf dem Rücken.

„Du hast ihn erwischt, Johann!“, jubelte der mit dem Lamm.

Johann ging in die Knie und stieß den

Adler mit dem Gewehrlauf an. Der Vogel rührte sich nicht mehr. Johann packte ihn bei den Krallen, band sie zusammen und warf sich den toten Vogel über die Schulter. Sein Freund mit dem Lamm zündete sich eine Pfeife an. Als er die ersten Rauchschwaden in die Luft geblasen hatte, warf er sein Streichholz ins Gras. Dann stapften sie Richtung Tal davon. Schnell machte Paul zwei Fotos. Noch einmal kurz sah er die zwei Männer am Rand des Alpsees. Dann waren sie verschwunden.

„Die waren es!", war sich Jenny nun sicher. „Die wollten den Luitpold nicht umbringen. Die wollten nur die Jäger aus dem Oytal vertreiben, damit sie hier in Ruhe wildern können!"

Finn schluchzte. „Einen Adler zu erschießen. So etwas Gemeines!"

Ein Gewitter zur rechten Zeit

Auch Paul tat der tote Adler leid. Aber er war auch verwirrt. Wenn diese beiden Wilderer die Lawine ausgelöst hatten, waren Urban und Alois unschuldig. Waren sie wirklich jetzt erst durch Zufall den richtigen Tätern auf die Spur gekommen?

„Wir sind zu dritt“, murmelte er. „Wie sollen wir vier Männer im Auge behalten?“

Jenny sah zum Himmel. „Im Moment haben wir ein ganz anderes Problem!“

Paul und Finn folgten ihrem Blick. Die grauen Wolken, die ab und zu die Sonne verdeckt hatten, waren schwarz geworden. In der Ferne begann es bereits zu donnern.

Finn riss die Augen weit auf. „Oho. Das ist gar nicht gut! Ein Gewitter in den Bergen ist mordsgefährlich!“

Schon zuckte ein Blitz über den Himmel. Der Donner folgte sogleich. Es krachte so gewaltig, dass Paul sich die Ohren zuhalten musste.

„Runter zum See!“, kommandierte Jenny. Sie zeigte auf das Dach einer Hütte. Hastig stiegen sie abwärts. Immer wieder mussten sie sich gegenseitig über dicke Felsbrocken helfen. Erste Tropfen fielen. Dann prasselte der Regen mit einem Mal nur so herunter. Auf dem Alpsee warfen die Tropfen Wellen. Ab und an sprang ein großer Fisch hervor.

Im letzten Moment erreichten die drei Freunde die Holzhütte. Doch es gab kein Vordach, wie Paul gehofft hatte. Selbst wenn sie sich ganz dicht an die Wand pressten, waren sie nicht im Trockenen.

Jenny grinste. „Nicht verzagen, Jenny fragen!“, sagte sie lachend. Aus der Tasche ihres Kleides zog sie ihren Schlüsselbund hervor. Alle Schlüssel, die sie jemals auf dem Sperrmüll gefunden hatten, hingen hier dran. Und auch so mancher Dietrich, für Detektive unverzichtbar.

Jenny stocherte mit ein paar Schlüsseln im Schloss herum. Beim dritten Versuch schwang die Tür auf.

Paul und Finn sahen sich an.

„Was ist?“, rief Jenny. „Macht schon!“

Finn zögerte. „Und wenn jemand kommt?“

Jenny verdrehte die Augen. „Wer soll denn kommen? Mitten im Gewitter? Die Oberstdorfer machen sich doch alle schon fein für den Viehscheid!“

Jenny machte einen Schritt in die Hütte. „Na los!“ Sie ging zur Rückseite und öffnete die Fensterläden.

Paul folgte seiner Freundin.

„Wir haben ja nichts Böses vor“, versuchte er sich selbst zu überzeugen. „Wir suchen nur Schutz vor dem Gewitter. Das muss im Gebirge doch erlaubt sein …“

Finn klammerte sich an ihn. „Und wenn uns jemand für Einbrecher hält?“

Paul lächelte gequält. Richtig wohl fühlte er sich auch nicht. Aber im Moment war es besser, als bis auf die Knochen durchnässt zu werden.

Als alle eingetreten waren, schloss Jenny wieder ab. „Sicher ist sicher“, meinte sie. Sie gab sich große Mühe, sorglos zu klingen. Aber in den letzten Tagen hatte man eine Lawine auf sie heruntergeschickt, sie mit einem Messer bedroht und beinahe auch noch auf sie geschossen. Jenny merkte man eigentlich nie Angst oder Aufregung an. Doch nun war sie nervös.

Paul holte tief Luft. Hoffentlich ging alles gut! Er sah sich um. Die Hütte wirkte von innen viel kleiner als von außen. Es roch sehr muffig. Oft wurde hier nicht gelüftet, das war klar. Paul schätzte, dass hier die Fischer übernachteten. Denn an der Wand hingen zwei lange Angelruten und eine ausgestopfte Forelle. Sieben Pfund!, stand handschriftlich darunter. Mit glasigen Augen starrte sie der Fisch an.

Paul schüttelte sich. Er verstand nicht, warum man tote Tiere aufhängte.

Ansonsten gab es hier drinnen wenig Überraschungen: ein Tisch mit drei Stühlen, eine kleine Feuerstelle mit Töpfen und Pfannen, ein Stapel Feuerholz und ein Alkovenbett, das in die Seitenwand eingebaut war. Wenn man die Gardine zuzog, war das Bett nicht mehr zu sehen.

Jenny schwang sich auf den Tisch. Finn legte Holz in den Ofen.

Paul sprang seinem Bruder entgegen. „Spinnst du!", herrschte er in an. „Eben noch hattest du Angst, dass uns jemand entdeckt. Und jetzt willst du Feuer machen?"

Finn zuckte mit den Schultern. „Damit unsere Schuhe trocknen. Sonst kriegen wir beim Abstieg Blasen."

Obwohl es eigentlich nicht kalt war, fröstelte nun auch Paul. Der Regen knallte regelrecht aufs Dach der Hütte. Der Gedanke an ein prasselndes Feuer war wirklich sehr verlockend.

„Meinetwegen", gab er schließlich nach. „Hoffen wir, dass keiner hier oben ist bei dem Wetter."

Auf der Suche nach Anzündholz räumte Finn die dicken Scheite zur Seite. Plötzlich zuckte er deutlich zusammen.

„Das gibt's doch nicht!"

Sofort waren Jenny und Paul bei ihm und sahen ihm über die Schulter.

„Ich habe ein Geheimfach entdeckt!", jubelte Finn. Seine Wangen glühten vor Aufregung. Tatsächlich! Unter dem Brennholz war ein Loch im Boden. Gerade groß genug, um einen Finger hineinzustecken. Finn probierte es aus. Eine Klappe im Boden hob sich.

Paul merkte, wie auch sein Herz schneller schlug. „Aber was sollte hier oben auf dem Nebelhorn schon versteckt sein?", schoss es ihm durch den Kopf. Finn stieß die Klappe auf. Vor seinen Knien öffnete sich ein schwarzes Loch. Mutig griff er hinein.

„Was …?", rief er verwundert. Im nächsten Moment zog er eine Flasche mit klarer Flüssigkeit heraus. Enttäuscht ließ er die Schultern hängen. „Das ist nur so eine Art Kühlschrank!", stöhnte er.

Aber Jenny schüttelte den Kopf. Sie hatte

den Deckel der Flasche abgeschraubt und schnupperte. „Das ist Schnaps!“ Sie entzündete ein Streichholz und leuchtete in das Loch. Dutzende von Flaschen waren hier versteckt. Dazu Beutel mit krümeligen Blättern. Tabak!

Finn lehnte an der Feuerstelle. „Und ich dachte, endlich finde ich mal einen Schatz. Dabei verstecken hier nur die Angler ihren Schnaps, damit ihre Frauen nichts merken!“

Jenny sprang auf. „Du hast etwas viel Wertvolleres gefunden als Gold!“, behauptete sie. Paul wusste auch nicht, worauf seine Freundin hinauswollte.

„Du hast den Grund für die Lawine gefunden!“

Blitzschnell breitete sie die Wanderkarte auf dem Boden aus. „Erinnert ihr euch, was Annis Vater über Schnaps und Tabak gesagt hat? Und die Männer auf der Festwiese?"

Paul nickte. „Der Zoll ist so hoch, dass er sich das Rauchen nicht mehr leisten kann!"

Jenny tippte auf die Karte. „Aber nur, wenn man als Händler seine Waren offiziell über die Grenze bringt. Wenn man den Schnaps schmuggelt, kassiert der Zöllner nichts. Alles ist viel billiger."

Sie fuhr mit ihrem Finger über eine Bergkuppe. „Hier ist der Seealpsee am Nebelhorn, mit unserer Hütte. Oben über den Bergrücken, am Himmelhorn entlang, führt ein Schmugglerweg geradewegs von hier nach Österreich." Jenny zog die Nase kraus. Sie begann, den Ablauf des Attentats durchzuspielen. „Nur durch Zufall war Prinz Luitpold gerade dort mit seiner Jagd, als der Schmuggler voll beladen nach Bayern zurückkam. Um nicht entdeckt zu werden, hat er die Lawine ausgelöst. So erfuhren auch wirklich alle im Dorf, dass es im Oytal im Moment zu gefährlich ist. Keiner kommt mehr her und der Schmuggler kann weiter unbemerkt seine Waren transportieren!"

Paul blickte auf die Karte, dann in das Versteck und schließlich in Jennys glänzende Augen. Er begann zu klatschen. Alles passte zusammen. Sie hatten endlich ein Motiv gefunden. Jetzt mussten sie nur noch herauskriegen, wer der Schmuggler war. Urban, Alois, die beiden Wilderer – oder am Ende sogar alle zusammen?

Kaum hatte er mit dem Klatschen aufgehört, als es an der Türklinke rüttelte. Finn, Jenny und Paul waren wie vom Donner gerührt. Regungslos starrten sie sich an. Niemand konnte sie jetzt noch für Einbrecher halten. Sie hockten vor dem Geheimfach im Boden mit einer Flasche Schnaps zwischen sich. Wenn das der Schmuggler war, wusste er sofort, dass sein Geheimnis entdeckt worden war. Was würde er dann mit den drei Zeugen machen?

Wer auch immer da vor der Tür stand, er hatte einen Schlüssel. Und wie um das Unheil anzukündigen, hörte in diesem Augenblick der Regen auf.

Die Beine des Attentäters

Als die Tür aufgestoßen wurde, lag Paul mit wummerndem Herzen im Bett der Hütte. Er musste den Mund aufmachen, um nicht lautstark zu schnaufen. So aufgeregt war er. Mit spitzen Fingern zog er den Vorhang noch ein kleines Stückchen weiter vor den Alkoven.

Hinter ihm hielten Jenny und Finn die Luft an. Jeder von ihnen hatte genau gewusst, was er zu tun hatte. Als der Schlüssel das erste Mal im Schloss herumgedreht wurde, hatte Jenny die Flasche ins Versteck gestellt und Finn den Deckel geschlossen. Paul hielt schon das Holz in der Hand. Bei der zweiten Umdrehung waren die Scheite wieder an ihrem Platz. Jenny hatte die Schuhe ins Bett geworfen, Finn den Stuhl an den Tisch herangeschoben. Paul hatte noch die Fensterläden schließen wollen, aber da wurde die Klinke schon heruntergedrückt. Mit einem großen Satz war er seinen Freunden ins Bett gefolgt und hatte den Vorhang geschlossen.

Jetzt biss er sich auf die Lippen. Bemerkte der Schmuggler das offene Fenster?

Schritte stampften. Dielen knarrten. Ein Stuhl wurde gerückt. Jemand schüttelte sich, sodass die Tropfen bis an den Vorhang flogen. Er musste klitschnass sein.

Trotz seiner Angst war Pauls Neugier größer. Er musste jetzt endlich wissen, wer den Prinzen beinahe umgebracht hatte! Vorsichtig schielte er unter dem Vorhang durch. Er hatte Glück. Von hier aus hatte man ohne große Verrenkungen die Feuerstelle im Blick. Ein Mann kniete neben dem Holzstapel und warf die Scheite zur Seite. Paul konnte jedoch nur seine Schuhe sehen. Braune Lederstiefel mit hohem Schaft – solche trug hier fast jeder.

Jetzt stocherte der Mann mit einem Stock in der Öffnung herum und hebelte die Klappe auf. Paul kniff die Augen zusammen. Der Stock war mit vielen Schnitzereien verziert. Es gab wirklich keinen Zweifel mehr. Am liebsten wäre Paul aufgesprungen und hätte den Vorhang zur Seite gerissen. Den Schmuggel jetzt noch zu leugnen wäre zwecklos. Aber leider waren sie alleine auf einer einsamen Berghütte. Und ihr Gegner hatte nicht mal davor gescheut, den Prinzen von Bayern umzubringen. Was würde er also mit ihnen machen?

Es klirrte. Flasche für Flasche zog der Mann aus seinem Versteck. Dazu zwei große Beutel Tabak. Er räumte das komplette Lager leer. Anschließend stand er auf. Wieder klirrte es. Er schien sein Schmugglergut in einer Tasche zu verstauen. Mit dem Fuß stieß er die Klappe wieder zu und warf das Holz unordentlich obenauf. Die Tür ging auf, wurde wieder zugesperrt und die Schritte entfernten sich.

Jenny zählte leise bis zehn. Dann sprang sie aus dem Bett und rannte ans Fenster. Paul folgte ihr.

„Mist!", schimpfte sie. Der Mann stapfte den Weg am See entlang. Aber wieder war er nur von hinten zu sehen. Sein gesamter Oberkörper verschwand hinter einem riesigen Korb. Darin musste der Schnaps versteckt sein. Zur Tarnung hatte der Schmuggler obenauf eine Ladung Heu geworfen.

Als Paul sich umdrehte, kniete sein Bruder am Boden. Er hatte seinen Notizblock neben sich liegen.

„Er ist es, er ist es!“, rief Finn aufgeregt und zeigte auf das Muster der nassen Sohle auf den Dielen. Es stimmte mit dem Schuhabdruck überein, den er bei der Lawinenstelle abgemalt hatte.

Jenny klopfte ihm anerkennend auf die Schulter. „Beim nächsten Mal beschweren wir uns bestimmt nicht mehr, wenn du den Tatort untersuchst!“, schwor sie.

„Ich habe auch seinen geschnitzten Stock gesehen. Das Muster ist das gleiche wie auf dem abgebrochenen Stück, das wir über der Unglücksstelle gefunden haben“, teilte Paul den anderen mit. „Wir haben ihn!“

Er kratzte sich am Kinn. „Und ich weiß auch, warum er nicht abwarten konnte, bis der Prinz wieder in München ist. Der Schnaps soll auf dem Viehscheid verkauft werden. Bei zwanzig Flaschen bestimmt ein Riesengewinn!“

Jenny öffnete die Tür. „Dann nichts wie hinterher!“

Mit genügend Abstand machten sie sich an die Verfolgung. Es war nicht schwer, sich dem Schmuggler an die Fersen zu heften. Seine nassen Schuhe hatten an vielen Stellen tiefe Abdrücke im Boden hinterlassen. Und wenn er über Felsen ging, sah man schmutzige Spuren auf ihnen.

Paul sah nach oben. So schnell das Gewitter aufgezogen war, so schnell war es auch weitergezogen. In der Ferne zuckte noch ab und zu ein Blitz. Aber der Donner war kaum noch zu hören.

Nach einer Weile wurde der Abstieg steil und gefährlich. Sie mussten über dicke Brocken in die Tiefe klettern. Doch auch der Schmuggler mit seinem schweren Korbgestell kam hier nur langsam voran. Ein paar Mal tauchte er unvermutet vor ihnen auf, bevor sie in Deckung gingen. Doch immer konnten die drei Freunde nur seine Rückseite sehen. Kein einziges Mal drehte er sich um. Scheinbar hatte er es sehr eilig.

Endlich hatten sie das Nebelhorn verlassen. Sie waren im Oytal angekommen. Links ging es nun zur Lawinenstelle, rechts zurück ins Dorf. Der Mann wurde von hier an noch schneller. Paul, Finn und Jenny kamen kaum nach. Aber wenigstens war der Weg nun eben. Kein Klettern mehr, kein steiler Abstieg. Geschätzte fünf Kilometer liefen sie durch Wald und Äcker. Die drei Freunde passten gut auf. Bei jeder unerwarteten Bewegung des Schmugglers sprangen sie hinter einen Baum oder in einen Graben. Aber ihre Vorsicht war anscheinend nicht nötig. Auch hier unten drehte sich der Mann nicht um.

Von den Bergen hallte nun hundertfaches Glockengeläut zurück. Aus allen Tälern zogen die Kühe ins Dorf. Sehen konnte man sie noch nicht. Aber deutlich hören.

Völlig erschöpft erreichten Finn, Paul und Jenny die Festwiese am Renksteg. Die Sonne strahlte schon seit einer Stunde wieder. Bauern in ihren schönsten Trachten drängten an den Lorettokapellen vorbei zum Fest. Mädchen mit Zöpfen und artig gekämmte Jungen sprangen um die Erwachsenen herum. Man prostete sich mit Bierkrügen zu, während die Musik spielte. Der Mann mit dem Korb drängte sich weiter durch die Massen hindurch.

Überall auf der Wiese und im Verschlag grasten schon die Rinder. Mehrere Stunden hatte ihr Abstieg von den Alpen hoch oben in den Bergen gedauert. Jetzt mussten sie sich ausruhen. Paul konnte sie nur zu gut verstehen. Aber er, Finn und Jenny hatten noch keine Zeit für eine Pause.

Wer war der Attentäter? Alois? Urban? Johann, der den Adler abgeschossen hatte? Oder sein Freund, der das Lamm getragen hatte?

Eine gewaltige Kuh mit einem riesigen Blumenkranz auf dem Kopf wurde durch die Menge geführt. Dem Alphirten war anzusehen, dass er stolz auf das Tier war. Auch wenn er es gleich wieder seinem Besitzer zurückgeben musste.

„Verdammt, er ist weg!“, stöhnte Finn, als die Kuh weitertrottete.

Paul riss den Kopf herum und suchte den Mann mit dem Heukorb. Bei dem Gewimmel war es schwer, jemanden wiederzufinden. Und durch die Trachten und Hüte sahen sich von Weitem alle so ähnlich. Bauern verhandelten den Preis für einen mächtigen Ochsen. Eine Magd wurde in die Höhe gehoben und zur schönsten Frau des Festes bestimmt. Die Menge johlte, klatschte und sang. Es war ein unglaubliches Durcheinander.

„Schau mal, da!“, presste Jenny plötzlich hervor. Sie zeigte auf Johann, den Mann, der am Nebelhorn geschossen hatte. Stolz stand er neben den Musikern auf der Bühne und zeigte den erlegten Adler herum. „Mein dreiundzwanzigster!“, jubelte er. Die Musik spielte einen Tusch.

„Recht so!“, murrte ein alter Mann mit riesigem Gamsbart am Hut. „In manchem Jahr ist mir oben auf der Alp kein einziges Lamm groß geworden wegen der Adler!“

Finn ballte die Faust. Aber Jenny hielt ihn zurück. „Das waren gar keine Wilderer“, stellte sie fest. „Adler zu jagen ist offenbar erlaubt. Für die Hirten ist der Raubvogel wohl eine richtige Bedrohung.“

Finn blieb trotzdem wütend. Immerhin

fielen jetzt zwei Verdächtige zweifelsfrei weg. Blieben Urban oder Alois. Wer von den beiden war ein gefährlicher Verbrecher?

Paul hatte dann die Idee. „Ich weiß, wo der Schmuggler hin ist!“, rief er den anderen zu. „Beide tanzen doch gleich beim Wilde-Mändle-Tanz mit. Durch das Gewitter hat unser Mann viel Zeit verloren. Er wird zum Zelt gelaufen sein, er muss sich doch umziehen!“

Jennys Augen blitzten auf. Alle drei kehrten sofort um und rannten zum Zelt.

Kurz bevor sie es erreicht hatten, entdeckte Paul den Korb wieder. Der Schmuggler verschwand kurz hinter dem Festzelt. Dann tauchte er auf der anderen Seite wieder auf. Paul stutzte. Der Träger war eine alte Frau …

Verflixt! Wer war's?

Völlig verblüfft starrten Jenny, Finn und Paul der alten Frau nach. Ihre Kleider waren kaum mehr als Lumpen. Unter dem Kopftuch schauten einige graue Haarsträhnen hervor. Die Bäuerin musste über siebzig Jahre alt sein – zumindest sah sie so aus. Paul klappte vor Staunen der Unterkiefer herunter.

„Die alte Frau wollte den Prinzen verjagen?", sagte Finn zweifelnd.

Jenny schüttelte ungläubig den Kopf. Auch ihr schien das rätselhaft. Aber der Korb war ganz klar derselbe wie vorher. „Schauen wir mal, was sie mit dem Schnaps macht."

Die drei Freunde mussten nicht lange warten. Die Frau steuerte eine der langen Theken an und setzte den Tragekorb ab. Ächzend rieb sie sich die Schultern. Dann ließ sie den Korb einfach stehen und ging ein paar Meter weiter zum Wirt. Der glatzköpfige Mann schlug gerade ein neues Bierfass an. Als er die Alte sah, wies sie mit dem Kinn in die Richtung des Korbs. Der Wirt nickte, griff in seine Schürze und holte ein paar Geldstücke heraus. Unauffällig drückte er sie der Frau in die Hand.

„Goldmünzen!", erkannte Paul. „Das Geschäft hat sich gelohnt!"

Finn überlegte. „Die Frau kann doch niemals unser Täter sein!", sagte er schließlich. „Sollen wir sie wirklich bei der Polizei melden?" Plötzlich hellte sich seine Miene auf. „Die Schuhe!", rief er. „Das sind andere Schuhe! Der Kerl muss hinter dem Zelt den Korb übergeben haben!"

Paul schlug sich mit der flachen Hand an die Stirn. „Ja, klar!", rief er. „Der Schmuggler musste ja zum Tanz! Er hatte keine Zeit mehr, selbst den Schnaps zu überbringen!"

Wenige Sekunden später waren die drei an der Rückseite des Zelts. Tatsächlich war auch hier ein Eingang. Dort musste der Täter hineingeschlüpft sein. Doch als sie ihm folgen wollten, stellte sich ihnen ein bärtiger Mann in den Weg.

„Verschwindet!“, verscheuchte er sie barsch. „Hier kommen nur Wilde Mändle rein!“

Plötzlich ging vor der Bühne Jubel los. Hunderte Menschen klatschten lautstark Beifall. Was war da los? Schnell eilten Jenny, Finn und Paul um das Zelt herum. Sie sahen, wie die beiden Wachen Prinz Luitpold über die Wiese geleiteten. Zu allen Seiten musste der Prinz grüßen und Hände schütteln. Besorgt erkundigten sich einige Frauen, ob es ihm nach dem Schock denn auch wirklich wieder gut ginge.

„Meinen geliebten Viehscheid kann mir nicht die größte Lawine verderben!“, donnerte er lachend zurück. Die Oberstdorfer jubelten noch lauter, bis der Prinz den thronartigen Stuhl direkt vor der Bühne eingenommen hatte. Auf den Stühlen neben ihm nahmen der Bürgermeister und der Pfarrer Platz. Außerdem saß dort noch ein Mann in grüner Jacke, der sicher der Förster war.

Die anderen Menschen drückten sich auf die Bänke. Auch Jenny, Finn und Paul setzten sich. Einen Moment lang war es still. Dann ertönte die Musik.

Hinter dem Orchester wurde ein Vorhang aufgerissen. Dreizehn Männer, alle im gleichen Kostüm, sprangen auf die Bretter. Sie alle waren von oben bis unten mit Tannenbart behängt. Wild sprangen sie nach links und rechts, stampften gleichzeitig mit den Füßen auf und stellten sich zu Pyramiden aufeinander. Jede Bewegung war genau einstudiert, alles schien zu klappen, wie sie es geprobt hatten. Einer von ihnen war der Schmuggler. Aber wer? Paul gab sich Mühe, Urban und Alois zu erkennen. Doch die langen Bärte machten das unmöglich. Die Männer sahen genau gleich aus. Schaurig und wild wie Waldgeister.

„Sie sind barfuß!“, zischte Jenny Paul mitten in der Vorstellung zu.

Paul nickte. Was wollte ihm seine Freundin mit diesem Hinweis sagen? Nach kurzem Grübeln kam er von alleine auf die Antwort. Die Schuhe!

Die Schuhe des Täters mussten doch im

Umkleidezelt stehen! Und den Abdruck der Sohle hatte Finn ja auf seinen Block gemalt.

An murrenden Oberstdorfern drängelten sie sich von der Bank. Jetzt stand keine Wache mehr vor dem Zelt. Alle betrachteten das Spektakel. Ruhig schlüpften die drei Freunde hinein.

Hier drin herrschte ein großes Durcheinander. Überall lagen Lederhosen und

dicke Pullover herum. Außerdem dreizehn Paar Schuhe. Alle sahen einigermaßen gleich aus. Knöchelhoch und aus Leder.

„Die hier sind es!“, presste Paul leise hervor. Er drehte sie um. Das Muster der Sohle stimmte.

Finn sah seinen großen Bruder verblüfft an. „Woher hast du das gewusst?“

Paul grinste. „Weil ich ein erstklassiger Detektiv bin, deshalb!“

Jenny stupste ihm den Ellenbogen in die Rippen. „Sag schon!“

„Dieses Paar ist als einziges klitschnass. Alle anderen Schuhe sind trocken. Jetzt müssen wir nur noch abwarten, wer sich nach dem Tanz diese Schuhe anzieht. Dann haben wir endlich unseren Täter!“

Flucht durch die Hölle

Gespannt bis zum Äußersten hockten die drei Freunde in der Garderobe der Wilden Mändle. Sie hatten zwei Stühle zusammengeschoben und versteckten sich hinter den Jacken, die darüberhingen. Von draußen tönte die Musik herein. Immer wieder stampften die Schauspieler auf. Sie sprangen wild umher, sagten aber kein einziges Wort.

Dann brach plötzlich tosender Applaus los.

„Sie kommen“, flüsterte Jenny. Sie drückten sich noch enger aneinander. Paul hatte durch ein Loch in der Lehne die nassen Schuhe genau im Blick.

Während der Jubel nicht aufhören wollte, kehrten die Männer ins Zelt zurück. Eine junge Frau war bei ihnen und fiel einem der Wilden Mändle um den Hals.

„Hey!“, rief da ein anderer. „Küss mir nicht den Falschen! Ich bin dein Vinzent!“

Alle lachten. Selbst die Ehefrauen konnten die Männer nicht unterscheiden. Endlich trat auch der letzte Waldgeist ein. Gerade als er sich nach den nassen Schuhen bückte, sprang Paul hervor und packte ihn am falschen Bart.

„Das Spiel ist aus!“, rief er. So machten das die Kommissare im Fernsehen immer, wenn sie einen Verbrecher gefasst hatten. Jenny und Finn stellten sich neben Paul.

Die Augen hinter der Maske starrten sie wissend an. Wer auch immer in dem Kostüm steckte, ihm war klar, dass die drei Herrelitt vor ihm sein Geheimnis kannten.

„Sicher ist das Spiel aus“, sagte Vinzent hinter ihnen. „Heute gehen wir nicht mehr auf die Bühne!“

Alle lachten. In diesem Moment riss sich der Schmuggler los und stürzte aus dem Zelt. Paul blieb zurück, mit ein paar Strähnen Tannenbart in der Hand.

Draußen bahnte sich der Waldgeist seinen Weg durch die johlende Menge. Sekunden später waren die Freunde ihm auf den Fersen. Er kam nicht besonders schnell voran, jeder wollte ihn zu dem tollen Auftritt beglückwünschen. Endlich hatte er den Rand der Festwiese erreicht. Mit Anlauf sprang er über den Zaun. Ein weiteres Büschel Tannenbart blieb am Pfosten zurück.

Es war wirklich ein seltsamer Anblick, der sich den Kindern bot: Ein barfüßiger Waldgeist rannte vor ihnen her durch die Wiesen und auf den Wald zu. Ewig schien die Verfolgung zu dauern. Bergauf, bergab. Zum Glück konnte er wegen seiner nackten Füße nicht allzu schnell rennen. Finns kleines Gesicht glühte vor Anstrengung, aber er gab nicht auf.

Bald ertönte das Plätschern eines Flusses. Zwischen steilen Felswänden schoss das Wasser hervor. Der Wilde Mann sprang in die Schlucht, die das schäumende Wasser in Jahrtausenden in den Fels gewaschen hatte.

„Das ist die Breitachklamm!“, stellte Jenny nach einem Blick in ihre Karte fest. Schnaufend schloss sie zu Paul auf. „Das ist viel zu gefährlich!“, meinte Jenny. „Der

Weg wird erst 1902 befestigt. Aber jetzt wissen wir wenigstens, was er vorhat." Sie zeigte auf den breiten roten Strich auf der Karte. „Der Fluss führt nach Österreich."

Paul nickte. Auch dieser Pfad hier schien ein alter Schmugglerweg zu sein. Und Jenny hatte recht. Es war viel zu gefährlich. Ein paar Hundert Meter folgten sie dem Schurken noch. Ganz eng mussten sie sich an die Felswände drücken, um nicht abzustürzen. Tief unter ihnen gurgelte der Fluss. Baumstämme steckten quer im Wasser. Aufgewirbeltes Wasser spritzte zu ihnen hinauf und machte den schmalen Weg noch glitschiger. Ein Wasserfall hoch über ihnen donnerte zu Tal.

„Stopp!", kommandierte Paul. „Er mag sich hier auskennen, aber wir werden abstürzen, wenn wir weitergehen. Wir gehen zurück zum Renksteg. Wenn einer der beiden Verdächtigen geflohen ist, muss der Unschuldige ja noch auf der Festwiese sein!"

Paul warf noch einen letzten Blick auf den Flüchtenden. Er ärgerte sich. Sie waren so nah dran gewesen. Jetzt mussten sie den Schmuggler doch ziehen lassen.

Sie sahen, wie der Wilde Mann über einen dicken Baumstamm balancierte, der quer über der engen Schlucht lag. Triumphierend hob er die Hand und winkte spöttisch herüber. In diesem Moment klatschte ihm von hinten eine Wasserladung gegen den Rücken. Der Mann verlor das Gleichgewicht und rutschte ab. Im letzten Moment schaffte er es, sich an einem Ast festzuhalten. Unter ihm ging es meterweit nach unten in die Schlucht. Wenn er losließ, würde er sich das Genick brechen.

Paul überlegte keine Sekunde. Der Mann mochte ein Schmuggler sein und hatte den Prinzen unter einer Lawine begraben wollen. Aber in diesem Augenblick war er vor allem ein Mensch, der um sein Leben kämpfte.

Paul pustete tief durch. Dann kletterte er bis zu dem Baumstamm hinüber und balancierte vorwärts. Unter ihm tobte das Wasser. Wild und unbezwingbar. Paul richtete seinen Blick starr auf den Mann,

der seine Hilfe brauchte. Endlich hatte er ihn erreicht. Paul packte zu. Die Finger des Mannes waren schon weiß vor Kraftlosigkeit. Paul zog ihn ein Stück nach oben, bis er den Oberarm zu fassen kriegte. Das Wilde Mändle klammerte sich verzweifelt an ihn. Dann schlang er seine Arme um den Baumstamm und wuchtete seinen Körper nach oben.

Keuchend blieb er auf der rutschigen Brücke liegen.

„Danke!“, presste er nach einer Weile hervor.

„Ist es Urban?“, rief Finn von der Seite.

Paul wollte dem Mann die Maske herunterreißen, aber der stieß seine Hand weg. „Lass“, sagte eine matte Stimme. „Ich stelle mich.“ Quer auf dem Baumstamm sitzend nahm der Schmuggler seine Maske herunter und schleuderte sie in die Klamm. Es war Alois! Der Mann, der sie mit seinem großen Messer im Wald erschreckt hatte.

Schweigend geleitete er die drei Freunde vom tobenden Wasser fort. Seine Fröhlichkeit der letzten Treffen war verflogen.

„Ich wollte den Prinzen nicht umbringen, bitte glaubt mir!“, bat er, als sie den Fluss verlassen hatten. „Ich war selbst von der Wucht der Lawine überrascht. Ich wollte die Jäger nur für diese Woche aus dem hinteren Oytal vertreiben. Aber es wurden immer mehr und mehr Steine. Und dann habe ich sogar einen meiner Freunde verletzt …“

Finn sah Alois entsetzt an. Man sah ihm an, dass er von dem Mann enttäuscht war.

Wer so lieb mit seinen Tieren umgehen konnte, durfte kein Verbrecher sein.

„Und die zweite Lawine, die uns beinahe getroffen hat?“

Alois lächelte gequält. „Da habt ihr mich überrascht, als ich die Spuren beseitigen wollte. Ich bin so hastig weggelaufen, da haben sich Steine gelöst und sind ins Tal gedonnert. Es tut mir wirklich leid! Das wollte ich alles gar nicht!“

Mit gesenktem Kopf stapfte er Richtung Oberstdorf zurück. Es war schon recht dunkel, aber Alois kannte den Weg.

„Warum schmuggelst du denn eigentlich Schnaps?“, fragte Finn.

Alois legte ihm den Arm auf die Schulter. „Beim großen Brand ist das Haus meiner Eltern völlig zerstört worden. Mein Vater wollte es wieder aufbauen, ist aber von einem herabstürzenden Balken getroffen worden. Jetzt hat er ein lahmes Bein und kann nicht mehr arbeiten. Und ich bin doch bloß Ziegenhirte. Wie soll ich meine Eltern denn ernähren?“

Paul nickte stumm. Er dachte an die

verlumpte Frau, die den Schnaps an den Wirt verkauft hatte. Sicherlich war das die Mutter von Alois gewesen.

„Wir lassen dich laufen“, sagte Paul leise. Auch Jenny nickte. „Wir werden nicht zur Polizei gehen.“

Alois sah die drei Kinder fragend an. „Aber du musst schwören, nie wieder zu schmuggeln. Und wie du dich beim Prinzen entschuldigen kannst, ist mir auch schon eingefallen.“

Alois lächelte. „Ich werde alles tun, um die Sache wieder gutzumachen. Wenn ich ins Gefängnis muss, das würde meine Mutter nicht überleben.“

Paul holte Luft. „Schlage dem Prinzen vor, an der Stelle, wo ihn die Lawine durch göttliche Fügung verfehlt hat, ein Kreuz zu bauen. Und du wirst es anfertigen. Wenn dem Prinzen deine Arbeit gefällt, stellt er dich vielleicht als Jagdgehilfe ein. Die Berge kennst du ja gut.“

Jenny grinste. „Auch wenn du dich ab und zu ungeschickt anstellst …“

Sie hatten die Kirche erreicht. Schon klang die Musik der Festwiese zu ihnen hinüber. Alois nahm die Hände seiner Retter und drückte sie lange. „Und kein Wort über den Auslöser der Lawine kommt über eure Lippen?“, hakte er nach.

Paul, Finn und Jenny schüttelten gleichzeitig die Köpfe. „Wenn du dich an unsere Abmachung hältst, nicht. – Und jetzt zieh dich um und trink mit deinen Freunden ein Bier!“

Alois dankte ihnen tausendfach. Dann schlenderte er erleichtert der Festwiese

entgegen. Die Kirchturmglocke schlug. Es war bereits sieben Uhr abends.

In Pauls Tasche piepste es. Er zog das geheimnisvolle Handy aus der Tasche und las die SMS, die soeben eingetroffen war.

wer war es?

Paul klickte das Foto von Alois an und verschickte es. Die Bilder der anderen drei Verdächtigen wurden automatisch gelöscht und eine Melodie ertönte. Sekunden später hupte ein Bus. Sie waren wieder in der Gegenwart.

„Schade, dass der Muskelkater nicht in der Vergangenheit geblieben ist“, stöhnte Finn und rieb sich die Oberschenkel.

Auch Paul spürte seine Beine. So viel war er innerhalb von drei Tagen noch nie gelaufen.

Jenny zog den Wochenplan der Klassenfahrt aus der Tasche. „Na, dann haltet euch fest, Leute. Was glaubt ihr, was sich unsere Lehrer für morgen ausgedacht haben? Eine Wanderung auf’s Nebelhorn!“

Info Oberstdorf

Die Bürger des kleinen Ortes Oberstdorf waren über Jahrhunderte arme und hart arbeitende Bauern und Handwerker. Im Jahr 1865 brannte ein Großteil des Dorfes in einer Nacht ab. Auch die drei Gasthöfe. Beim Wiederaufbau richteten sich die Bürger gleich auf eine neue Gruppe Menschen ein, die immer zahlreicher nach Oberstdorf kamen: Urlauber. Die Bergwelt, die den meisten Bewohnern bis dahin nie ganz geheuer gewesen war, lockte sie her. So wurde im Jahr 1868 ein neuer Berufszweig geschaffen: der Bergführer. Gegen festgelegte Preise konnten sich die Besucher des Dorfes auf die Gipfel bringen lassen. Mehr und mehr Wanderwege wurden angelegt, Gasthöfe und sogar Hütten für Übernachtungen in den Bergen gebaut.

Prinz Luitpold, den heute noch viele Einheimische verehren, kam ab 1851 jedes Jahr zur Hofjagd nach Oberstdorf. Er verbrachte viele Wochen im Jahr hier.

Am 3. Oktober 1872 wurde er bei der Jagd beinahe von einer Geröllawine getroffen. An dieser Stelle im hinteren Oytal steht noch heute das Prinzenkreuz.

Die ersten 20 Lebensjahre verbrachte **THiLO** in der Kinderecke der elterlichen Buchhandlung. Anschließend schaute er sich in Afrika, Asien und Mittelamerika um, bevor er mit Freunden als Kabarett-Trio „Die Motzbrocken“ erfolgreich durch die Lande zog (Grazer Kleinkunstpreis, Hessischer Satirepreis).
Heute lebt THiLO mit seiner Frau und vier Kindern in Mainz und schreibt neben seinen Romanen Geschichten und Drehbücher, u. a. für Siebenstein, Sesamstraße, Schloss Einstein und Bibi Blocksberg.
Mehr über THiLO und seine Geschichten erfahrt ihr im Internet unter www.thilos-gute-seite.de.

Hauke Kock wurde 1965 in Schleswig-Holstein geboren. Als Kind fiel er in ein Fass mit Zeichentusche, seitdem kann er nicht mehr aufhören zu zeichnen und zu malen.
Er studierte Kommunikationsdesign in Kiel. Schon als Student verfasste und illustrierte er Kinderbücher. Seit 1993 ist er selbstständiger Illustrator.